una scelta
"sensata"
Fabio 2001

gli Adelphi
105

Franz Werfel (1890-1945) nacque a Praga ed ebbe in gioventù intensi contatti con Kafka, Brod e l'editore tedesco Kurt Wolff. Nel 1929 sposò Alma Mahler, con cui visse a Berlino e a Vienna. Costretto nel 1938 a emigrare in Francia, raggiunse nel 1940 gli Stati Uniti, dove rimase sino alla morte. Tra le sue numerose opere (liriche, saggi, romanzi, racconti) ricordiamo: *L'amico del mondo* (1911), *Verdi* (1932), *I quaranta giorni del Mussa Dagh* (1933), *Il pianeta dei nascituri* (1946). *Una scrittura femminile azzurro pallido* apparve nel 1941 a Buenos Aires.

FRANZ WERFEL

Una scrittura femminile azzurro pallido

TRADUZIONE DI RENATA COLORNI

ADELPHI EDIZIONI

TITOLO ORIGINALE:
Eine blassblaue Frauenschrift

I edizione *gli Adelphi*: gennaio 1997

ISBN 88-459-1270-1

INDICE

UNA SCRITTURA FEMMINILE AZZURRO PALLIDO

I
APRILE IN OTTOBRE

La posta giaceva sul tavolo della prima colazione. Una notevole pila di lettere, perché avendo Leonida da poco festeggiato il suo cinquantesimo compleanno, arrivavano ancora ogni giorno gli auguri dei ritardatari. Leonida si chiamava proprio Leonida. Per quel nome opprimente non meno che eroico poteva dir grazie a suo padre, che a parte questa eredità, da povero insegnante di ginnasio qual era, non gli aveva lasciato altro che un'intera collezione di classici greci e latini, nonché dieci annate dei «Tübinger altphilologische Studien». Per fortuna il troppo solenne Leonida si lasciava facilmente trasformare nel più agile e semplice Leo. Così lo chiamavano i suoi amici, e Amelie lo aveva sempre e soltanto chiamato Leon. Lo fece anche adesso, mentre con la sua voce scura accentuava la seconda sillaba di León in un acuto strascicato e melodioso.

«La tua popolarità, León, è insopportabile» disse. «Ecco qui altri auguri, saranno a dir poco una dozzina...».

Leonida rispose a sua moglie con un sorriso imbarazzato, quasi dovesse farsi perdonare di essere riuscito a raggiungere il culmine di una splendida carriera e, nello stesso tempo, il suo cinquantesimo anno di età. Essendo stato nominato da qualche mese capodivisione al «Ministero per il Culto e l'Istruzione», era ormai diventato uno di quei quaranta o cinquanta funzionari su cui in effetti si reggeva lo Stato. La sua mano, bianca e rilassata, giocava distrattamente con il mucchio di lettere. Amelie mangiava lentamente un pompelmo scavandolo col cucchiaio. La mattina per colazione non prendeva altro. La mantellina le era scivolata giù dalle spalle. Aveva addosso soltanto un costume da bagno di maglia nera che usava ogni giorno per la ginnastica mattutina. La porta a vetri che dava sulla terrazza era semiaperta. Considerata la stagione, faceva piuttosto caldo. Dal luogo in cui si trovava, Leonida poteva spaziare con lo sguardo molto lontano, ben oltre la verdeggiante distesa dei sobborghi occidentali di Vienna, fino alle montagne, sui cui pendii la metropoli si spegneva a poco a poco. Scrutò con curiosità il cielo, poiché dal tempo che sperava di indovinare dipendeva in grande misura il suo benessere e la sua efficienza lavorativa. Il mondo si presentava oggi come una tiepida giornata di ottobre che in una sorta di estro giovanile si sforzava di assomigliare a una giornata di aprile. Sopra i vigneti che si estendevano intorno alla città si addensavano frettolose grandi nuvole bianche come la neve e dai contorni nettamente definiti. Nei punti in cui era libero, il cielo esibiva un azzurro nudo, primaverile, che in quella stagione appariva quasi spudorato. Il giardino davanti alla terrazza, scoloritosi appena, aveva un aspetto tenacemente estivo. Piccoli venti indisciplinati rimbalzavano spavaldi tra il fogliame che sembrava ancora saldamente appeso ai rami degli alberi.

Niente male, pensò Leonida, andrò a piedi in ufficio. E sorrise di nuovo. Ma il suo era un sorriso stranamente ambiguo, entusiasta e beffardo nello stesso tempo. Sempre, quando era contento e sapeva di esserlo, mostrava un sorriso beffardo e al tempo stesso entusiasta. Come spesso accade agli uomini sani, ben fatti, o belli addirittura, e a quelli che nella vita hanno raggiunto una posizione elevata, Leonida era incline, soprattutto nelle prime ore del mattino, a sentirsi straordinariamente contento e ad accettare di buon grado il corso tortuoso delle vicende di questo mondo. Uscendo dal nulla della notte e attraverso, per così dire, uno stupore leggero che rinasce ogni giorno come nuovo, gli uomini di questa specie entrano di primo mattino nella piena consapevolezza del proprio successo E questo successo, nel caso di Leonida, era visibile a chiunque: figlio di un professore di ginnasio, di un povero insegnante di quinta categoria, un nessuno, insomma, un giovane senza famiglia, senza cognome, e anzi, quel che è peggio, dotato di un nome ridicolmente pretenzioso. Che gelo, che tristezza, gli anni di università! Con stento e fatica riusciva a tirare avanti a forza di borse di studio e lezioni private che era costretto a impartire a ragazzini flaccidi, stupidi e pieni di quattrini. Com'è difficile mantenere il controllo e non far trapelare la fame nel proprio sguardo voglioso ogni volta che il pigro rampollo viene chiamato a tavola! Ma nell'armadio, nel vuoto armadio, è appeso un frac. Un nuovo, impeccabile frac, che solo in un paio di punti ha bisogno di qualche piccolo ritocco. Poiché questo frac è frutto di un'eredità. Un collega di università e compagno di baldoria lo ha lasciato in testamento a Leonida, essendosi inopinatamente piantato una pallottola in testa nella stanza accanto alla sua. La cosa evolve poi quasi come nelle favole, perché questo indumento nazionale diventa decisivo per la vita dello studente. Il proprietario del frac era un «intelligente ragazzo israelita». Così lo definisce cautamente, perfino in cuor suo, quell'anima bella di Leonida, che i fatti imbarazzanti non vuole mai chiamarli col loro nome e cognome. Va detto fra l'altro che a costoro, a quell'epoca, le cose andavano sorprendentemente bene, tanto che tra i motivi di suicidio si potevano permettere il lusso di scegliere come niente il cosiddetto pessimismo cosmico.

Un frac! Chi possiede un frac può frequentare balli e altri trattenimenti mondani. Chi sta bene in frac e, come Leonida, possiede inoltre un talento particolare per la danza, suscita subito la simpatia degli altri, fa amicizia facilmente, conosce giovani donne di radiosa bellezza, viene invitato nelle «prime case» della città. Così era allora, almeno, in quel mondo incantato e stupefacente dove ancora esistevano una gerarchia sociale e vette irraggiungibili che i prescelti futuri vincitori anelavano con tutta l'anima di poter raggiungere. La carriera del povero precettore incominciò con una pura e semplice coincidenza, e cioè con un biglietto di entrata, che Leonida ebbe in regalo, a una delle grandi feste da ballo della stagione. Fu così che il frac del suicida si rivelò provvidenziale. Il testatore, nel cederlo insieme alla propria vita, aiutò il fortunato erede a varcare la soglia di un fulgido avvenire. E alle Termopili della sua angusta giovinezza il Leonida di cui stiamo parlando non fu per nulla sopraffatto dallo strapotere di una società altezzosa. Non soltanto Amelie, ma anche altre signore sostengono che non s'era mai visto, né si sarebbe potuto immaginare di vedere in futuro, un ballerino che potesse eguagliarlo. È forse necessario sottolineare che la specialità di León era il valzer, il valzer che si ballava a sinistra, beninteso, fluttuante, delicato, inesorabile insomma, perché molle e risoluto nello stesso tempo? Nei due passi trattenuti del valzer di quell'epoca straordinaria era ancora possibile che un maestro nell'arte amatoria, un uomo che ci sa fare con le donne, desse prova della sua capacità, mentre i balli moderni più in voga tra le masse (questo era il pensiero di Leonida) altro non consentivano che misero spazio, nell'anonima calca che li caratterizzava, al meccanico trottare di membra pressoché inanimate.

Anche in seguito, ogni volta che a Leonida tornano alla memoria l'ebbrezza e i trionfi di quelle danze, si disegna intorno alla bocca graziosa coi denti scintillanti e i morbidi baffetti ancora biondi il suo caratteristico ambiguo sorriso. Più di una volta al giorno Leonida è convinto di essere un vero e proprio pupillo degli dèi. Se uno gli dovesse domandare quale sia la sua «concezione del mondo», egli dovrebbe ammettere apertamente di considerare l'universo un dispositivo il cui unico senso e scopo è vezzeggiare e far emergere dalle tenebre dell'anonimato i pupilli degli dèi simili a lui, che vengono poi dotati di potere, onore, lustro e ricchezza. Non è forse la sua stessa esistenza una prova lampante delle buone, amichevoli intenzioni del mondo? Nel misero appartamento dov'egli vive da studente, un colpo viene sparato nella stanza accanto alla sua. Egli eredita un frac praticamente nuovo fiammante. I fatti incalzano poi come in una ballata. Per il carnevale interviene a diverse feste. Senza che nessuno glielo abbia mai insegnato, balla magnificamente. Piovono gli inviti. In capo a un anno è uno dei giovani più contesi della città. Basta che venga fatto il suo nome un po' troppo classicheggiante, perché subito compaia sul volto di tutti un'espressione sorridente e benevola. È molto difficile procurarsi il capitale di esercizio necessario a condurre questa doppia vita e continuare a essere così popolare. Ma lui ci riesce grazie alla sua diligenza e perseveranza, nonché per la sobrietà delle sue pretese. Prima del tempo supera tutti gli esami. Splendide raccomandazioni gli spalancano le porte dell'impiego statale. Dopo breve tempo si conquista la simpatia dei suoi superiori che non si stancano di elogiare la sua discrezione e i suoi modi estremamente garbati. Passano pochi anni ed egli ottiene l'invidiatissimo trasferimento alla Sede Centrale, riservata solitamente ai nomi più prestigiosi e ai più eletti raccomandati. E poi l'amore, il folle amore di Amelie Paradini, la diciottenne, la splendida...

Il leggero stupore di ogni mattina al risveglio non è certo ingiustificato. Paradini!? È più che naturale che a questo nome si sobbalzi e si tendano le orecchie. Non ci siamo sbagliati, è proprio la celeberrima Paradini, la grande società con succursali e filiali in tutte le città del mondo. (Da allora naturalmente il capitale azionario dei Paradini è stato incamerato dalle grandi banche). Comunque vent'anni fa non c'era in tutta Vienna un'ereditiera più ricca di Amelie. E nessuno dei nomi della grande aristocrazia e della grande industria, nessuno degli illustri pretendenti che le ronzavano intorno riuscì a conquistare quel fiore di ragazza, nessuno tranne lui, il figlio di un insegnante di latino mezzo morto di fame, un ragazzo qualsiasi che si chiamava pomposamente Leonida e all'infuori di un macabro frac che gli stava a pennello non possedeva niente di niente. E pensare che già il termine «conquistare» non è preciso. Perché, a dir le cose come stanno, anche in questa storia d'amore lui non fu il corteggiatore, bensì il corteggiato. La fanciulla, infatti, era riuscita con inflessibile energia a imporre l'idea del matrimonio contro l'esacerbata resistenza di tutto quel suo parentado carico di milioni.

Ed eccola qui, Amelie, il grande, grandissimo successo della sua vita, seduta anche oggi di fronte a lui come tutte le mattine. È curioso, ma l'essenza del loro rapporto non è cambiata. Tuttora egli si sente come colui che è corteggiato, come colui che si concede, che si dà, nonostante la ricchezza di lei che lo avvolge passo dopo passo con le lusinghe dell'abbondanza, del calore e dell'agiatezza. Tra l'altro Leonida sottolinea spesso, non senza un'aria d'incorruttibile severità, che egli non considera affatto suoi i beni di Amelie. Che fin dal primo giorno ha voluto erigere una solida barriera tra i loro averi così diseguali. Che in quella villa incantevole, ma ahimè troppo spaziosa per due persone, egli si sente una specie di inquilino, di pensionante, di ospite pagante, sebbene, senza nulla togliere alle spese del comune ménage, ad essa egli devolva l'intero suo reddito di funzionario statale. Fin dai primi giorni della sua vita coniugale, Leonida si è attenuto rigorosamente a questa distinzione. E Amelie, sia pure non nascondendo un sorriso d'intesa, è sempre stata incantata dall'orgoglio dell'uomo da lei amato e prescelto. Recentemente egli ha raggiunto il culmine della sua esistenza e ora piano piano comincia a scendere la scala. A cinquant'anni ha una moglie, tuttora splendida, di trentotto o trentanove anni.

Leonida la scruta attentamente.

Nel sobrio nitore della luce ottobrina splendono, candide, nude, senza macchie né peli, le spalle e le braccia di Amelie. Questo biancore marmoreo e profumato è certo dovuto alle sue origini illustri, ma è anche il risultato di cure cosmetiche a cui lei si è sempre votata come a un culto con serietà instancabile. Ed è per lui, Leonida, che Amelie vuol conservarsi giovane, bella e sottile. Sì, soprattutto sottile, ciò che richiede una costante severità contro se stessa. Sul ripido sentiero di questa virtù Amelie non arretra di un passo. Solidi e appuntiti, i suoi piccoli seni si levano sotto la maglia nera. Sono i seni di una diciottenne. Il non avere figli è il prezzo che entrambi paghiamo per questi seni da adolescente, pensa ora l'uomo. E lui stesso si stupisce di questa idea che gli è venuta a un tratto, perché da strenuo difensore qual è sempre stato del proprio indiviso benessere, non ha mai manifestato il desiderio di avere figli. Per un attimo affonda lo sguardo negli occhi di Amelie. Sono verdastri, oggi, e molto chiari. Leonida conosce perfettamente questa cangiante e pericolosa tonalità. In certi giorni gli occhi di sua moglie hanno una specie di mutevolezza meteorologica. Lui stesso li ha chiamati una volta «occhi d'aprile». In quei giorni bisogna star cauti. L'aria è sospesa, carica di scenate che possono scoppiare da un momento all'altro senza alcun pretesto. Gli occhi sono fra l'altro l'unica cosa che contrasta singolarmente con l'aspetto adolescenziale di Amelie. Sono più vecchi di lei, i suoi occhi. Le sopracciglia ritoccate dal trucco li rendono fissi. Le ombre di una stanchezza azzurrognola li ghermiscono con un primo sospetto di decadenza. Così, anche nelle stanze più pulite, si deposita in certi angoli una patina di polvere e di fuliggine. C'è in quello sguardo femminile un non so che di quasi devastato che lo avvince.

Leonida si girò di scatto. Amelie disse allora: «Quand'è che ti decidi a guardare la posta?». – «Che noia mortale» mormorò lui, guardando attonito la pila di lettere su cui la sua mano continuava a posarsi, esitante e riottosa. Poi sfogliò le lettere come fanno i giocatori con un mazzo di carte e le guardò con l'esperienza consumata del funzionario a cui basta una mezza occhiata per capire che cosa c'è di importante nella «corrispondenza in arrivo». Erano undici lettere, di cui dieci scritte a macchina. Tanto più eloquentemente spiccava in quella serie amorfa l'undicesima lettera scritta a mano con inchiostro azzurro pallido. Una scrittura femminile, i caratteri grandi, un poco ripidi e severi. Sentendo di essere diventato cinereo, Leonida chinò istintivamente il capo. Gli ci vollero alcuni secondi per riordinare i pensieri. L'ansia gli gelò le mani. Ora Amelie gli avrebbe chiesto qualcosa su quella lettera scritta a mano con inchiostro azzurro pallido. Ma Amelie non fece domande. Leggeva il giornale che giaceva accanto al piatto con l'aria attenta di chi si sente in dovere, sia pure con un certo sforzo, di tenersi al corrente sui minacciosi eventi che attraversano la sua epoca. Leonida disse qualcosa tanto per parlare. La voce gli uscì strozzata, non riusciva ad assumere un tono naturale.

«Hai proprio ragione... nient'altro che stupidi auguri...».

Riunì quindi le lettere – la mossa fu di nuovo quella di un esperto giocatore di carte – e le ficcò in tasca con esemplare lentezza. La sua mano era stata assai più naturale della voce. Senza alzare gli occhi dal giornale, Amelie disse:

«Se vuoi, León, ci penso io a rispondere per te a questi insulsi biglietti...».

Ma Leonida si era ormai alzato in piedi, perfettamente padrone di sé. Si lisciò l'abito grigio, tirò fuori dalle maniche, pizzicandoli, i polsini della camicia, posò le mani sulla vita sottile e prese a dondolarsi sulla punta dei piedi come se in tal modo potesse saggiare, e assaporare, l'agilità di quel suo corpo ben fatto e curato alla perfezione.

«No, tesoro mio, sei troppo brava per farmi da segretaria» rispose col suo sorriso entusiasta e beffardo. «Son cose che i miei ragazzi risolvono in un batter d'occhio. Spero che la tua giornata non sia troppo vuota, oggi. E cerca di non dimenticare che stasera siamo all'Opera...».

Si chinò su di lei e le diede un lungo, fervido bacio sui capelli. Amelie lo guardò dritto in faccia con quei suoi occhi più vecchi di lei. Il volto sottile di Leonida era roseo, fresco, meravigliosamente rasato. Era un volto che irradiava levigatezza, quella indistruttibile levigatezza che la rendeva inquieta e che da sempre l'aveva ammaliata.

II
IL RITORNO DELL'UGUALE

Leonida non uscì di casa subito dopo essersi congedato da Amelie. Troppo gli bruciava nella tasca quella lettera che una donna aveva scritto a mano con inchiostro azzurro pallido. Non era sua abitudine leggere per la strada lettere o giornali. Per un uomo del suo rango e così ben visto (nel senso letterale del termine) sarebbe stato davvero sconveniente. D'altra parte, non avendo la pazienza di chi è immune da ogni colpa, non se la sentiva di aspettare il momento in cui, finalmente solo e indisturbato, avrebbe potuto leggere la lettera nel grande ufficio che occupava al Ministero. Fece allora ciò che spesso aveva fatto da ragazzo quando voleva nascondere un segreto, guardare un'immagine lasciva, per esempio, o leggere un libro proibito. Il cinquantenne Leonida, che in verità nessuno stava spiando, guardò timoroso a destra e a sinistra e poi, non diversamente dal quindicenne di un tempo, s'infilò furtivo nel luogo più segreto e appartato della casa.

Lì guardò a lungo con occhi atterriti la ripida e

severa calligrafia femminile e, seguitando a soppesare la lettera, peraltro leggerissima, non si arrischiava ad aprirla. Con una forza espressiva che diventava sempre più peculiare, quei caratteri scarni lo guardavano fisso e a poco a poco riempivano tutto il suo essere come di un veleno che gli paralizzava il battito del cuore. Neanche nell'incubo più angoscioso, egli avrebbe mai immaginato di poter rivedere la scrittura di Vera. Quale indegno, inconcepibile spavento lo aveva assalito qualche momento fa, quando in mezzo a quel mucchio di posta insignificante si era sentito tutt'a un tratto fissato dalla lettera di lei? Era certo uno spavento che risaliva ai primordi dell'esistere umano. Non può, non deve spaventarsi così un uomo che ha raggiunto la vetta e che è quasi arrivato al termine del proprio cammino. Per fortuna Amelie non si era accorta di niente. Perché quello spavento che egli sentiva ancora in tutte le membra? In fondo, quella con Vera, non è altro che una vecchia e stupida storia, una sciocca ragazzata che risale a vent'anni fa. Ne ha ben altre, Leonida, di cose sulla coscienza. Nella sua qualità di alto funzionario statale è costretto ogni giorno a prendere decisioni su uomini e donne e sui loro destini, e non di rado si tratta di decisioni assai penose e imbarazzanti. Nella sua posizione, uno è un po' come Dio. È artefice degli altrui destini. Li mette agli atti. Dalla scrivania delle cose vive li passa all'archivio delle cose liquidate. Col tempo, grazie al cielo, tutto si dissolve perfettamente nel nulla. E anche Vera sembrava in effetti essersi dissolta perfettamente nel nulla...

Dovevano essere passati almeno quindici anni da quando lui aveva tenuto in mano per l'ultima volta una lettera di Vera, esattamente come adesso, tra l'altro, e in un posticino non meno angusto. A quell'epoca Amelie era ovviamente dominata da una gelosia senza limiti e nella sua diffidenza subodorava ovunque i segni del tradimento. Lui non aveva dunque altra scelta, quella lettera doveva distruggerla. A quell'epoca, s'intende! Altro era il fatto che l'avesse distrutta senza neanche aprirla. Quella era stata da parte sua una miserabile vigliaccheria, una porcata senza pari. Insomma, in quel momento, il pupillo degli dèi Leonida non volle nascondersi nulla. Quella volta aveva strappato la lettera senza leggerla per il semplice motivo che non voleva saperne di quel che c'era scritto, e anche oggi avrebbe fatto lo stesso, l'avrebbe strappata senza leggerla. Se uno non sa nulla, non può essere chiamato a rispondere di nulla. Ciò che quindici anni fa non ho voluto che penetrasse nella mia coscienza, a maggior ragione non dovrò volere che vi penetri adesso. È una faccenda liquidata, ormai, messa agli atti, una cosa che non c'è più. È mio inalienabile diritto acquisito che essa non ci sia più. È inaudito da parte di questa donna che ancora una volta mi metta sotto il naso il fatto di esistere. Come sarà adesso, che aspetto avrà?

Leonida non aveva la minima idea di come potesse essere, adesso, l'aspetto di Vera. E, peggio ancora, non sapeva neppure come fosse il suo aspetto di allora, quando aveva conosciuto con lei l'unica autentica ebbrezza amorosa della sua vita. Nulla riusciva a rammentare di Vera, non la particolarità dello sguardo, non il riflesso dei capelli, non il volto, non la figura. Quanto più si concentrava per evocare in sé quella immagine che così stranamente era andata perduta, tanto più irrimediabile si faceva il vuoto che, quasi a volerlo deridere, lei aveva lasciato dentro di lui. Vera era insomma una specie di fastidiosa e vistosa eccezione nella memoria di Leonida, altrimenti così piatta, ordinata e calligrafica. Al diavolo, perché tutt'a un tratto lei si rifiutava di essere ciò che era stata per quindici anni, una tomba interrata che nessuno riesce più a localizzare?

Con perfida, inequivocabile astuzia la donna che

aveva sottratto la propria immagine all'amante infedele materializzava ora la propria personalità nelle poche parole di quell'indirizzo. Erano colmi di una presenza terrificante, quei sottili tratti di penna. Il capodivisione incominciò a sudare. Teneva in mano la lettera come se si trattasse del mandato di comparizione di un tribunale, o meglio, della sentenza definitiva di questo tribunale. E ad un tratto ebbe davanti agli occhi quel giorno di luglio di quindici anni prima, limpido e chiaro in ogni minimo, fuggevole dettaglio.

Vacanze! Estate meravigliosa fra le Alpi a Sankt Gilgen. Leonida e Amelie sono sposati da non molto. Alloggiano nel delizioso alberghetto in riva al lago. Oggi hanno deciso di fare con alcuni amici una comoda escursione in montagna. Il vaporino che bisogna prendere per raggiungere il punto di partenza della passeggiata a cui si è pensato, attraccherà fra pochi minuti davanti all'albergo. La hall assomiglia al grande soggiorno di una locanda contadina. Attraverso le grate delle finestre ombreggiate dalla vite selvatica il sole penetra a stento, goccia a goccia, come miele denso. La stanza è buia. È un buio compatto, che rende gli occhi stranamente ciechi. Leonida si avvicina al banco del portiere e chiede la posta. Ci sono tre lettere, una delle quali scritta da una donna con inchiostro azzurro pallido, i caratteri grandi, ripidi e severi. Ma ecco, Leonida sente che Amelie, in piedi dietro di lui, gli posa fiduciosa una mano sulla spalla. Domanda se c'è qualcosa per lei. Lui stesso non sa come riesce a occultare la lettera di Vera e a infilarsela in tasca. Quel buio del colore dell'ambra gli viene in aiuto. Per fortuna proprio adesso sono arrivati gli amici che stavano aspettando. Leonida saluta allegramente e poi scompare senza dare nell'occhio. Ha ancora cinque minuti per leggere la lettera. Ma non la legge, continua a rigirarsela tra le mani senza aprirla. Vera gli scrive dopo tre anni di un silenzio di tomba. Gli scrive dopo che lui si è comportato in un modo talmente volgare e spaventoso che nulla si può immaginare di peggio da parte di un uomo nei riguardi di una donna che ha amato. Prima la più infame, la più vile delle menzogne, perché lui era sposato ormai da tre anni e non gliel'ha mai detto. Poi il lurido inganno del congedo al finestrino del treno: «Addio, vita mia! Due settimane ancora e poi sarai con me!». Dette queste parole, Leonida è scomparso nel nulla e non ha più voluto saperne dell'esistenza della signorina Vera Wormser. Se lei oggi gli scrive, lei, una donna come Vera, ha certo dovuto fare su se stessa uno sforzo tremendo. Questa non può essere altro, perciò, che una richiesta d'aiuto in una situazione di gravissima ambascia. E non è tutto, il peggio deve ancora venire. Vera la sua lettera l'ha scritta qui. È anche lei a Sankt Gilgen. Sul retro della busta è detto nero su bianco. Alloggia in una pensione sull'altra riva del lago. Leonida estrae un temperino per tagliare la busta, pedanteria ridicola e al tempo stesso rivelatrice. Ma non apre neppure il temperino. Se leggesse la lettera, se diventasse oggetto di conoscenza certa ciò che a lui non è permesso neppure di sospettare vagamente, allora, allora diventerebbe impossibile fare marcia indietro. Per qualche secondo riflette sulla possibilità e sulla prospettiva di una confessione. Ma no, quale Dio potrebbe pretendere che alla sua bella, giovanissima moglie, una Amelie Paradini, una donna che lo ama fanaticamente, che ha lasciato tutto il mondo a bocca aperta quando ha voluto a tutti i costi sposarlo, chi potrebbe pretendere che a una simile specialissima creatura lui confessi di punto in bianco che già dopo un anno di matrimonio l'ha tradita nella maniera più ignobile? Non farebbe altro, con ciò, che distruggere la propria esistenza e la vita di Amelie, senza peraltro aiutare Vera in alcun modo. È lì, Leonida, perplesso in quell'angusto stanzino mentre i secondi volano. La sua stessa paura, la sua stessa infamia gli fan venire il voltastomaco. La lettera, leggera, gli pesa tra le mani. La carta della busta è sottilissima, non imbottita. Le righe si intravedono indistinte. Qua e là, invano, prova a decifrarle. Un bombo entra ronzando dalla piccola finestra e ora è anch'esso prigioniero. Leonida si sente invaso da un senso di desolazione, di dolore, di colpa e, tutt'a un tratto, da un'ira violenta contro Vera. Eppure sembrava che ormai avesse capito. Una breve, pazza felicità, per grazia del caso e delle menzogne che lui le ha detto. Leonida si è comportato come un dio antico che si china sulle umane creature assumendo volta a volta forme diverse. C'è una certa nobiltà in questo, una certa bellezza. Vera sembrava averlo capito, superato, ormai, lui ne era certissimo. *Infatti, a prescindere da ciò che poteva esserle accaduto*, durante i tre anni che erano passati da quando Leonida era scomparso, lei non si era più fatta viva né con parole, né con scritti, né con messaggi personali. Tutto era ormai superato, tutto sistemato nel migliore dei modi. Lui l'aveva apprezzata moltissimo per la sua comprensione, per essersi così bene adattata all'inevitabile. E ora questa lettera! È stato un puro colpo di fortuna che non sia capitata nelle mani di Amelie. E non soltanto la lettera. Lei stessa è lì, lo perseguita, si presenta di punto in bianco in riva al laghetto di montagna dove tutti si ritrovano, adesso in particolare, in questo luglio detestabile che è il mese delle famiglie in vacanza. Leonida pensa seccato: Vera in definitiva non è altro che «un'intellettuale israelita». Questa gente, certo, può anche raggiungere grandi traguardi, ma alla fine inevitabilmente si incaglia. Il loro problema è quasi sempre il tatto, l'arte sottile di non infastidire psicologicamente il prossimo. Perché per esempio il suo amico e compagno di baldoria, quello che gli aveva lasciato in eredità il frac dei suoi trionfi mondani, perché quel ragazzo si era sparato un colpo alle otto di sera, che è un'ora così conviviale, e per di più nella stanza accanto alla sua? Non avrebbe potuto farlo altrove, o in un momento in cui Leonida non era in circolazione? No, neanche per sogno! Quelli, ogni azione, foss'anche la più disperata, la devono sottolineare, rimarcare, mettere tra virgolette. Sempre sopra le righe, o sotto, magari. Prova lampante della loro tipica mancanza di tatto. E indicibilmente privo di tatto è stato da parte di Vera arrivare in luglio proprio a Sankt Gilgen, dove Leonida intende trascorrere, ciò di cui lei è certamente a conoscenza, due settimane di meritato riposo in compagnia di Amelie. Ammesso che lui la incontri adesso sul vaporino, che cosa dovrà fare? Lo sa benissimo, Leonida, è chiaro: dovrà non riconoscere Vera, non salutarla, con serena noncuranza dovrà guardare attraverso la sua persona come se fosse trasparente, continuare imperterrito a conversare e a ridere con Amelie e con la piccola comitiva dei loro amici. Ma certo gli costerà carissimo prodursi fino alla fine in un numero così rivoltante! I suoi nervi e l'idea che egli ha di se stesso saranno messi a dura prova per un'intera settimana di quella vacanza che è già troppo breve. Addio appetito. I prossimi giorni saranno amari. E senza por tempo in mezzo, dovrà pensare a un motivo che appaia convincente ad Amelie per interrompere, domani a mezzogiorno al più tardi, la loro vacanza in questo posto incantevole che è Sankt Gilgen. Ma ovunque decidano di andare, in Tirolo, al Lido o al Mare del Nord, saranno in ogni caso perseguitati dalla possibilità che lui neanche in cuor suo osa rendere esplicita. L'abisso in cui è gettato da queste considerazioni gli ha fatto scordare la lettera che ha in mano. Ma ora di colpo lo assale una grande curiosità. Vorrebbe sapere di che si tratta. Forse i suoi foschi pensieri e timori sono soltanto il parto della sua ipersensibilità a sfondo ipocondriaco. Forse trarrà un sospiro di sollievo quando avrà letto la lettera. Il grosso bombo, suo compagno di prigionia, ha finalmente trovato il pertugio della finestra dalla quale rombando esce all'aria aperta. A un tratto in quel misero stanzino il silenzio è diventato terrificante. Leonida sistema il temperino in modo da poter aprire la lettera. In quel momento suona la sirena del piccolo e sconquassato vaporino, un vecchio, antidiluviano giocattolo dei tempi andati. Si sente il rumore dell'elica che solleva l'acqua e la fa schiumare. Poi, dopo un attimo di assoluta immobilità, riprende sulla parete il gioco di ombre della vite selvatica. Non c'è più tempo, ormai! Fra poco si sentirà la voce di Amelie che chiamerà nervosamente: León! Il cuore gli batte forte mentre tagliuzza la lettera in minuti frammenti e la fa sparire...

Eterno ritorno dell'uguale! È proprio vero, dunque, che una cosa simile può succedere, pensò stupito Leonida. L'odierna lettera di Vera lo aveva messo nella stessa ignominiosa situazione in cui s'era trovato quindici anni prima. La situazione originaria della sua colpa nei confronti di Vera e nei confronti di Amelie. Tutto combaciava al millimetro. La lettera, allora come oggi, l'aveva ricevuta in presenza di sua moglie. Solo adesso lesse sul retro della busta l'indicazione del mittente: «Dottoressa Vera Wormser, in loco». Seguiva l'indicazione di un albergo, il Parkhotel, che si trovava a poche strade di distanza da lì. Vera era dunque venuta, oggi come allora, per cercarlo, per stanarlo. Solo che oggi, anziché un bombo estivo, gli facevano compagnia in quella prigione alcune decrepite e asmatiche mosche autunnali. Leonida, non senza meraviglia, sentì che scoppiava in una sommessa risata. Lo spavento di poco prima, il cuore che sembrava di colpo essersi fermato, tutto ciò non solo era indegno, era anche idiota. Non avrebbe potuto, letta o non letta la lettera, strapparla tranquillamente davanti ad Amelie? La solita seccatura, la petizione di un privato cittadino come ne arrivavano a centinaia ogni giorno. Quindici anni erano passati, anzi, quindici più tre. A dirlo così sembra niente. Ma in diciotto anni tutto cambia, cambia inesauribilmente. Sono più di mezza generazione, diciotto anni, il che vuol dire che ogni essere vivente si trasforma quasi per intero, è un tempo oceanico che annacqua e rende nulli crimini ben più gravi di una deplorevole vigliaccheria in amore. Che cosa gli era successo, s'era davvero rammollito a tal punto da non riuscire a liberarsi di quella storia ormai ammuffita, tanto che a causa sua aveva perso la bella serenità mattutina, lui, un uomo di cinquant'anni al culmine della carriera? Tutta questa maledetta faccenda, pensò con convinzione, era dovuta all'ambiguità del suo cuore, troppo tenero ma, nello stesso tempo, troppo incostante. Tutta la vita aveva sofferto per quello che chiamava il suo «cuore guasto». L'espressione non era elegante, lui stesso se ne rendeva conto, ma esprimeva in maniera appropriata il suo disagio psichico. Del resto, la tremenda suscettibilità nei confronti della scrittura femminile azzurro pallido non era forse testimonianza di un'indole scrupolosa, delicata, cavalleresca, di un carattere che neanche a distanza di un tempo infinito riesce a rassegnarsi e a perdonarsi una mancanza sul piano morale? A questa domanda Leonida non esitò a dare in cuor suo una risposta affermativa. E, con una certa melanconia, rivolse a se stesso grandi elogi perché, pur essendo da tutti riconosciuto come un uomo bello e seducente, a prescindere dall'episodio passionale con Vera, non aveva da rimproverarsi, nel corso del suo matrimonio, che una decina di avventure amorose senza importanza.

Trasse un respiro profondo e sorrise. Adesso voleva chiudere con Vera una volta per tutte. La signorina, la dottoressa Vera Wormser, specializzata in filosofia. Già nella scelta di questo mestiere si notava una inclinazione provocatoria alla superiorità. (Signorina? No, signora. Sposata e non vedova, si spera). Nella piccola finestra aperta incombeva il cielo gonfio di nuvole. Leonida squarciò la lettera con risolutezza. Ma lo strappo non era ancora profondo due centimetri e già le sue mani si fermarono. Accadde ora il contrario di ciò che era accaduto quindici anni prima a Sankt Gilgen. Allora, volendo aprire la lettera, l'aveva strappata. Ora, volendola strappare, la aprì. Dal foglio ferito, l'intera personalità della scrittura femminile azzurro pallido, che si poteva espandere in diverse righe, lo guardava sarcastica.

Sopra, in testa alla lettera, con tratti rapidi e precisi, era scritta la data: «7 ottobre 1936». Ecco l'esattezza della donna matematica, fu il giudizio di Leonida, Amelie non ha mai datato una lettera in tutta la sua vita. Poi lesse: «Egregio signor capodivisione!». Bene! L'apostrofe è secca, non c'è niente da eccepire. È pensata con tatto, anche se con ogni probabilità nasconde una lieve ma invincibile ironia. In ogni modo questo «Egregio signor capodivisione» non fa temere un tono troppo intimo. Andiamo avanti nella lettura!

«Oggi sono costretta a rivolgermi a Lei con una preghiera. Non si tratta di me, ma di un giovane di talento al quale, per i motivi ben noti a tutti, non è più consentito frequentare il liceo in Germania; per questo egli desidera portare a termine i suoi studi a Vienna. Mi si dice che fa parte delle specifiche competenze del Suo ufficio, egregio signore, rendere possibile e facilitare tali passaggi. Poiché qui non conosco più nessuno, sebbene Vienna sia stata la mia città natale, ritengo mio dovere ricorrere a Lei in questo caso che è per me di estrema importanza. Se fosse disposto a venire incontro alla mia preghiera, basta che me lo faccia sapere tramite la Sua segreteria. Poi, quando Lei vorrà, il giovane Le farà una visita di cortesia e Le darà le necessarie informazioni. Con sentiti ringraziamenti, Vera W.».

Due volte Leonida aveva letto la lettera da capo a fondo senza interrompersi mai. Quindi se la rimise in tasca con cautela come qualcosa di assai prezioso. Si sentiva così stanco e molle che non trovò neanche la forza di aprire la porta e di uscire dalla sua prigione. Come gli apparve comica e inutile, adesso, la sua fuga infantile in quell'opprimente stanzino. Non occorreva affatto che lui, mortalmente atterrito, nascondesse quella lettera ad Amelie. Avrebbe potuto benissimo lasciarla aperta dov'era, o addirittura passarla alla moglie ch'era seduta di fronte a lui. Quella lettera, la più perfida al mondo, era anche la più innocua. Di simili richieste scritte di raccomandazione e protezione ne riceveva ogni mese a centinaia. Eppure, da quelle poche righe diritte spirava una lontananza, un gelo, una cerebralità e una ponderazione di fronte alle quali Leonida si sentì moralmente schiacciato. Forse il giorno del Giudizio Universale, pensò, non si può escluderlo, forse quel giorno ci troveremo davanti a un simile scritto biecamente calibrato, e lo scritto sarà comprensibile soltanto ai debitori e ai creditori, agli assassini e alle loro vittime e, pur apparendo a tutti gli altri privo di qualsiasi importanza, proprio in virtù di questo camuffamento apparirà più che mai spaventoso per la persona interessata. Dio solo sa quali idee e pensate stravaganti potevano venire in mente a un posato funzionario statale nel bel mezzo di una luminosa giornata di ottobre! Donde spuntava l'idea del Giudizio Universale in una mente di solito così precisa e ordinata? Leonida ormai sapeva la lettera a memoria. «Fa parte delle specifiche competenze del Suo ufficio, egregio signore». Questo è quanto, egregio signore! «Ritengo mio dovere ricorrere a Lei in questo caso che è per me di estrema importanza». Lo stile asciutto di un'istanza burocratica. Ma per colui che sa, per il colpevole, una frase che ha il peso di un macigno e, al tempo stesso, la finezza impalpabile di una ragnatela. «Poi, quando Lei vorrà, il giovane Le farà una visita di cortesia e Le darà le necessarie informazioni». Necessarie informazioni! Queste due parole squarciavano l'abisso nel momento stesso in cui lo velavano. Non c'è pubblico legale né consigliere giuridico della Corona che avrebbe potuto far meglio, tanto era spietata la loro ambiguità.

Leonida era stordito. Dopo un'eternità, dopo diciotto lunghissimi anni, malgrado si fosse messo al riparo sotto ogni aspetto, la verità lo aveva raggiunto. Ogni via d'uscita e ogni possibilità di ritirata gli erano precluse. Non poteva più sottrarsi, ormai, a quella verità che in un momento di debolezza aveva fatto entrare. Il mondo si era trasformato per lui da capo a fondo, e lui per il mondo. Le conseguenze di tale trasformazione erano imprescindibili, questo Leonida lo sapeva, pur non potendone ancora, nel suo spirito oppresso, misurare la portata. Altro che innocua istanza! In questa cosiddetta innocua istanza Vera gli aveva fatto sapere che aveva un figlio adulto e che questo figlio era suo.

III
ALTA CORTE DI GIUSTIZIA

Benché fosse già piuttosto tardi, Leonida camminava lungo il viale alberato del quartiere di Hietzing assai più lentamente del solito. Procedeva pensieroso, sostenendosi all'ombrello, ma nello stesso tempo si guardava intorno con occhi vigili in modo da non perdere un solo saluto. Più di una volta fu costretto a togliersi la bombetta perché diversi funzionari in pensione e piccolo borghesi che popolavano quella zona ossequiosa e conservatrice si slanciarono verso di lui in saluti particolarmente cerimoniosi. Il cappotto lo teneva sul braccio dal momento che ad un tratto si era messo a far caldo.

In un batter d'occhio, nel tempo brevissimo durante il quale a causa della lettera di Vera la sua vita si era trasformata da capo a fondo, anche le condizioni meteorologiche di quella giornata di ottobre erano sorprendentemente mutate. Il cielo si era coperto ovunque e non mostrava più da nessuna parte impudiche nudità. Le nuvole non solcavano più il cielo, bianche, vaporose e coi contorni ben definiti, ma erano grevi, invece, profondamente immote, e di un colore grigio sporco come quello delle fodere dei divani. Regnava una bonaccia come flanella spessa. Gli scoppi dei motori, lo stridìo dei tram, e in genere il fracasso della strada, vicino o lontano che fosse, sembravano attutiti. Ogni rumore era gonfio e indistinto, come se il mondo raccontasse la storia di quella giornata con la bocca piena. Stagnava nell'aria un caldo innaturale, quello strano tepore che suscita nelle persone anziane la paura di una morte improvvisa. Avrebbe potuto volgersi in qualsiasi cosa: un temporale, una grandinata, una pioggia tetra e insistente, un pigro lieto fine con il sole d'autunno. Leonida detestava dal profondo del cuore questo tempo opprimente che gli toglieva il respiro e sembrava alludere al suo personale, ambiguo stato d'animo.

Ma la conseguenza più grave di quella malsana bonaccia consisteva nel fatto che impediva al capodivisione pensieri e decisioni logiche e coerenti. Gli sembrava che il suo cervello, didatticamente così bene addestrato, non riuscisse più a lavorare con la solita libertà e agilità, e fosse invece tarpato in spessi e scomodi guantoni di lana che non gli permettevano di cogliere e comprendere appieno gli interrogativi che lui stesso si veniva ponendo in rapida successione.

Oggi Vera lo aveva dunque sconfitto. Ciò era accaduto dopo una lotta muta che durava da diciotto anni e che si era svolta come al di fuori della vita senza per questo essere meno reale. Soltanto la forza di Vera lo aveva costretto a leggere la lettera che altrimenti avrebbe strappato per sottrarsi ancora una volta alla verità. Se era stato un errore o meno, adesso non poteva saperlo, ma certo era stata una disfatta e, soprattutto e più che altro, un brusco cambiamento di binario della sua vita. Da un quarto d'ora questa vita procedeva su nuove rotaie e in una direzione ignota. Poiché, esattamente da un quarto d'ora, lui, Leonida, aveva un figlio. Questo figlio aveva circa diciassette anni. La consapevolezza di essere il padre di un giovane sconosciuto non gli piombò addosso come dal nulla, non lo colse del tutto di sorpresa. Nella zona crepuscolare della sua coscienza, del suo senso di colpa, della sua angoscia e della sua curiosità, il figlio di Vera viveva in lui un'esistenza minacciosa e fantasmatica fin dal giorno sconosciuto in cui era nato. E ora, di punto in bianco, dopo un periodo di incubazione infinitamente lungo durante il quale il suo timore s'era quasi dissolto, questo fantasma si materializzava in un essere in carne e ossa. Lo sgomento di Leonida non veniva minimamente attenuato dal fatto che nella lettera di Vera la verità era stata insidiosamente coperta da un velo di innocenza. Sebbene egli non possedesse più alcuna nozione riguardo al carattere della sua ex amante, ora, mordendosi nervosamente le labbra, il suo pensiero era: C'è tutta Vera in questo stratagemma. È nebulosa, non viene allo scoperto. Ma si comporta così soltanto per non compromettermi? O forse mi lascia aperta una speranza? È chiaro che la lettera mi dà ancora adesso la possibilità di cavarmela. «Se fosse disposto a venire incontro alla mia preghiera...». E se non fossi disposto? Mio Dio, questo è il punto. Non venendo allo scoperto mi lega a doppio filo. Non posso più rimanere passivo. Appunto perché non scrive la verità, quella donna rende autentica la verità. Al capodivisione era davvero venuta in mente l'espressione tecnico-giuridica «autenticare» in rapporto a Vera.

A dispetto delle sue buone maniere, mentre attraversava la strada si fermò in mezzo a una carreggiata dove trasse un sospiro profondo e, dopo essersi tolto la bombetta, si asciugò la fronte. Due automobili suonarono furiosamente il clacson. Un poliziotto, indignato, fece un gesto minaccioso. Leonida raggiunse, camminando balzelloni su un passaggio proibito, l'altro marciapiede. Gli era infatti venuto in mente che il suo nuovo figlio aveva un tasso elevato di sangue ebraico nelle vene. Ecco perché non poteva più frequentare le scuole in Germania. Ebbene, qui si viveva in una prossimità quanto mai pericolosa con la Germania. Nessuno era in grado di sapere come le cose si sarebbero sviluppate in questo Paese. La lotta era impari. Da un giorno all'altro le stesse leggi che vigevano di là sarebbero potute entrare in vigore anche di qua. Già oggigiorno era quanto mai inopportuno che un alto funzionario dello Stato stabilisse contatti sociali con gente della razza di Vera, a prescindere da alcune luminose eccezioni. Lontano era il tempo in cui si poteva ereditare il frac di uno sventurato compagno che per uccidersi con un colpo di pistola non aveva trovato motivo più plausibile che il fatto di non poter sopportare la condanna espressa contro la propria razza da parte dell'idolatrato Richard Wagner. E adesso, all'età di cinquant'anni, ecco che di punto in bianco uno si ritrova con un figlio di quella razza. Che evento, che incredibile svolta! E chissà quali inconcepibili seccature gliene sarebbero derivate. Amelie? Ma no, non siamo ancora a questo punto, si disse Leonida.

Più volte, con la massima coscienziosità, provò a «inquadrare» il caso nel quale era stato coinvolto sia come colpevole sia come vittima. Ogni buon funzionario possiede infatti la capacità di «istruire un atto» su qualsivoglia evento, in tal modo strappandolo al processo di dissoluzione della vita. Leonida tuttavia riuscì a stento a ricostruire l'evento nella sua secchezza, e men che meno riuscì a rivivere anche solo un alito di quelle sei settimane di bruciante passione. Vera stessa se lo proibiva, e non a caso toglieva a lui il ricordo della propria immagine. Ciò che restava era dunque povera cosa. In quei minuti tormentosi neanche davanti a un tribunale (ma quale tribunale?) Leonida sarebbe stato capace di dipingere degli eventi incriminati un quadro più colorito di quello che più o meno è il seguente:

È capitato nel tredicesimo mese del mio matrimonio, signori della Corte – così sarebbe potuta incominciare la sua scarna autodifesa –, quando Amelie ricevette la notizia che la nonna materna si era gravemente ammalata. Questa nonna, un'inglese, era allora la personalità più importante di quella famiglia di milionari snob e pieni di boria che sono i Paradini. E amava svisceratamente la più giovane delle sue nipoti. Per difendere una parte sostanziosa della propria eredità, Amelie fu dunque costretta a far visita alla nonna moribonda nella sua tenuta nel Devonshire. Gli intriganti e gli ipocriti si davano un gran da fare intorno a quell'eredità. Io ritenni assolutamente indispensabile che mia moglie rimanesse costantemente davanti agli occhi della vecchia signora nelle ultime ore della sua vita. Purtroppo queste ultime ore finirono col diventare tre mesi. Credo di poter dire, senza timore di falsificare a posteriori la realtà, che noi due, Amelie ed io, eravamo sinceramente disperati per questa prima interruzione della nostra vita in comune. Anche se a dire il vero io provai nello stesso tempo, con ogni probabilità, un'emozione piuttosto gradevole all'idea di ritrovarmi, sia pure per un breve periodo, libero e padrone di me stesso. Poiché Amelie era all'inizio ancora più faticosa, più lunatica, più irritabile, più gelosa di quanto sia adesso, poiché col tempo ha imparato, vincendo la iniziale riottosità, ad adattarsi al mio misurato stile di vita. In virtù della sua ricchezza mi dominava, infatti, e spesso si comportava come una fata capricciosa. Esistono tra gli esseri umani brutali rapporti di forza che né i modi, né la cultura, né l'educazione, né altri beni voluttuari analoghi a questi possono sovvertire. In ogni modo ci fu tra noi al Westbahnhof un solenne, doloroso e lacrimevole addio. Proprio in quei giorni il mio Ministero aveva preso la decisione di mandarmi in Germania in modo da farmi conoscere da vicino il sistema esemplare di studi superiori ivi esistente. La strutturazione e l'organizzazione degli studi universitari sono, com'è noto, la mia specialità e il mio particolare punto di forza. Ho fatto in questo campo alcune cose che non credo sarà facile espungere dalla storia dell'educazione del mio Paese. Amelie era per parte sua più che soddisfatta che io andassi a Heidelberg per il periodo della nostra separazione. Non sarebbe certo stata contenta se avesse dovuto lasciarmi a Vienna, la grande, tentacolare metropoli. Leggere come piume le apparivano al confronto le tentazioni di una graziosa cittadina universitaria tedesca come Heidelberg. Addirittura avevo dovuto prometterle con la massima solennità che non appena avesse lasciato Vienna, subito il giorno dopo sarei partito anch'io per dedicarmi senza indugi al mio nuovo compito. Mantenni puntualmente la mia promessa perché Amelie mi incuteva allora e, devo ammetterlo, mi incute ancora oggi, un certo timore. Non sono mai riuscito ad accettare fino in fondo la sua superiorità. Sfidando l'opposizione di tutti, decise per capriccio di sposare me, un piccolo impiegato di concetto, ed essendo una ragazza piena di vizi, che doveva ad ogni costo averle tutte vinte, ottenne quel che voleva anche questa volta: tanto, come si sa, piove sempre sul bagnato. Che io sia diventato proprietà privata di Amelie è un fatto indubitabile. Grandi sono i vantaggi di appartenere a una donna indipendente, ricca sfondata e che proviene da una famiglia potente sul piano finanziario e sociale. Ma gli svantaggi non sono meno grandi. Neanche la rigorosa separazione dei beni su cui per principio ho insistito da sempre ha potuto impedire che io diventassi, in virtù di una legge naturale insita nei grandi patrimoni, una specie di proprietà privata di Amelie, un essere con volontà limitata. Innanzitutto è evidente che ho da perdere più io, dal punto di vista pratico, se Amelie mi lascia, di quanto abbia da perdere Amelie se la lascio io. (Ma non credo, d'altro canto, che Amelie potrebbe sopravvivere alla mia perdita). Tutto ciò mi ha reso fin dal primo giorno insicuro e angosciato. E, per conseguenza, ho dovuto esercitare un assiduo autocontrollo e agire con grande cautela perché nessuno si accorgesse del mio scoramento e della mia debolezza e per poter sempre apparire come un uomo sereno e rilassato che prende il proprio successo con sovrana indifferenza. Il nostro commovente addio era passato da ventiquattro ore quando raggiunsi Heidelberg. Arrivato all'ingresso del più lussuoso albergo della città feci dietro front. Tutt'a un tratto provai un senso di disgusto per lo stile di vita opulento che avevamo adottato in seguito al nostro matrimonio. Era una specie di nostalgia per le difficoltà e le amarezze dei tempi andati, quando io stesso ero studente. E inoltre: Mi avevano sì o no dato il compito di indagare sulla vita e l'attività degli studenti universitari di qui? Decisi dunque di affittare una stanza in una pensioncina a buon mercato per studenti. Vidi Vera già la prima volta che mi sedetti per il pranzo alla grande tavola comune. Rividi Vera Wormser diverse altre volte.

Per tutto ciò di cui d'ora in avanti voglio parlarvi, Vi prego, signori della Corte, di usare nei miei confronti un'indulgenza particolare. Poiché devo ammettere che non riesco veramente a rammentare i fatti di cui sono imputato, benché naturalmente li riconosca come esperienze mie che mi hanno procurato una pessima reputazione. Le nozioni che io ho di questi fatti assomigliano a quelle che uno può avere riguardo a cose che ha letto chissà dove molto tempo addietro. Solo con grande fatica riuscirà a raccontarle. Ma neanche può dire che esse vivono nel segreto del suo animo come ciò che fa parte del suo passato. Sono astratte, vuote. Un vuoto penoso di fronte al quale arretra spaventato ogni tentativo di riviverle emotivamente. Prima di tutto c'è lei, in quel tempo, la donna che ho amato, la signorina Vera Wormser, studentessa di filosofia. Io so che quando ci rivedemmo a Heidelberg lei aveva ventidue anni, nove meno di me, tre più di Amelie. So che non ho mai conosciuto una creatura più fine e delicata della signorina Wormser. Amelie è grande e sottile. Ma per restare sottile deve lottare incessantemente perché per natura la sua figura rigogliosa tende piuttosto alla pienezza. Senza che io mi sia mai espresso in proposito, Amelie ha intuito con istinto sicuro la mia indifferenza per la sontuosità femminile e, per contro, la mia invincibile inclinazione per donne dall'aspetto infantile, etereo, trasparente, commoventemente fragile, soprattutto quando questo aspetto si congiunge con uno spirito impavido e riflessivo. Amelie ha i capelli biondo scuro, mentre i capelli di Vera, nerissimi, dritti, e con la riga in mezzo, creano un contrasto impressionante coi suoi profondi occhi azzurri. Dico questo perché lo so, non perché riesco a raffigurarmelo. La signorina Wormser, che è stata la mia amante, io non la vedo col mio sguardo interno. La mia coscienza reca dunque in sé una melodia che non può riprodurre. Già da diversi anni non riesco più a raffigurarmi la Vera di Heidelberg. Ogni volta che ci provo, un'altra immagine affiora con prepotenza: l'immagine di Vera più o meno quindicenne che vidi per la prima volta all'epoca in cui ero un povero studente senza il becco di un quattrino.

La famiglia Wormser aveva vissuto qui, a Vienna. Il padre era un medico con molti interessi, un piccolo uomo di complessione delicata e con la barba grigia: parlava poco, e in compenso perfino a tavola aveva l'abitudine di tirar fuori ad un tratto un opuscolo o una rivista medica in cui si immergeva senza badare a niente e a nessuno. Conoscendo lui sono entrato in contatto con «l'intellettuale israelita» *par excellence*, con la sua idolatria per la carta stampata, con il suo credo profondo in una scienza esente da pregiudizi, valori che in questo genere di individui prendono il posto, io credo, di ogni istinto e abbandono naturale. Grande fu l'impressione che allora mi fece il rigore e l'impazienza rissosa con cui il padre di Vera si rifiutava di accettare supinamente e senza discuterle anche quelle che venivano considerate verità universali. Il suo acume analitico mi sgomentava, mi faceva sentire una nullità. Era vedovo da moltissimo tempo e sul fondo doloroso dei suoi lineamenti aleggiava, inestinguibile, un sorrisetto sarcastico. Una signora anziana, che svolgeva altresì funzioni di infermiera nel suo ambulatorio, si occupava in famiglia dell'organizzazione domestica. Il dottor Wormser era noto per essere un medico che per sapienza e sicurezza diagnostica dava diversi punti a più di un luminare della locale facoltà di medicina. Io ero stato accolto in quella casa per preparare agli esami Jacques, il fratello diciassettenne di Vera. A causa di una lunga malattia Jacques aveva perso parecchi mesi di scuola e ora le sue lacune dovevano essere colmate in tutta fretta. Era un ragazzo pallido, sonnolento, chiuso nei miei confronti fino all'ostilità, che spesso con la sua distrazione e profonda resistenza (di cui ora conosco il motivo) mi ha torturato a sangue. In seguito si è arruolato come volontario ed è caduto in una delle prime settimane di guerra. Nei pressi di Ravaruska. In quel periodo, comunque, che ricordo come il più duro della mia vita, ero davvero felice di essere stato assunto come precettore in una casa privata per un periodo relativamente lungo. Non vedevo alcun futuro davanti a me. Neppure se avessi avuto un carattere più forte avrei potuto immaginare nei miei sogni più rosei che il semestre successivo sarei riuscito a fare il grande balzo dai tetri inferi del mio mondo al fulgido Olimpo della buona società di Vienna. Già ritenevo una grande fortuna che i Wormser mi trattenessero ogni giorno a pranzo senza che la cosa fosse stata pattuita in anticipo. Di solito il dottore arrivava a casa verso l'una. Jacques e io eravamo a quell'ora ancora chini sui libri di scuola. Chiamandoci a tavola entrambi, capitava spesso che a causa di quel mio sciaguratissimo nome il dottore parodiasse così il famoso epigramma sepolcrale in onore dell'antico re Leonida e dei suoi eroi:

O forestiero, annuncia agli Spartani
che noi pranziamo qui
per obbedire ai loro ordini.

La battuta, pur essendo mediocre, non mancava mai di offendermi e umiliarmi. Il pasto di mezzogiorno in casa Wormser diventò per me un diritto consuetudinario. Quasi sempre Vera arrivava in ritardo. Anche lei, come il fratello, frequentava il ginnasio. Ma la sua scuola era lontana, in un quartiere fuori mano. Ci metteva parecchio tempo per tornare a casa. A quell'epoca Vera portava ancora i capelli lunghi che le scendevano sulle gracili spalle. Il piccolo volto, come intagliato in pietra lunare, era dominato dagli occhi velati da ombre lunghe, grandi occhi di un azzurro strano e inquieto che sotto il nero delle ciglia e delle sopracciglia sembrava essersi smarrito in una plaga fredda e remota. Raramente il mio sguardo incrociava il suo, il più altero e scostante sguardo di fanciulla che in vita mia mi sia toccato di sopportare. Io ero precettore di suo fratello, nient'altro che un cereo, brufoloso studentello universitario con gli occhi perennemente infiammati, un'assoluta nullità, l'insicurezza fatta persona. Non sto esagerando. Fino al momento in cui la mia vita ebbe la svolta incredibile di cui prima ho parlato, io ero senza dubbio un ragazzotto maldestro e piuttosto brutto, uno che si sentiva disprezzato da tutti e deriso da qualsiasi donna. In quel periodo, avevo in un certo senso toccato «il fondo» della mia esistenza. Nessuno al mondo avrebbe scommesso un centesimo sulla carriera dello squallido studente che ero a quell'epoca. E io nemmeno. Non avevo più un briciolo di fiducia in me stesso. Come potevo immaginare, in quei mesi di infelicità, che di lì a non molto avrei avuto motivo di provare uno stupore così sconfinato? (Tutto venne da sé, come se di mio non ci avessi messo nulla). A ventitré anni ero un povero essere, una specie di lemure non ancora sviluppato appieno. Vera, invece, pur essendo ancora una bambina, sembrava molto matura e solida per la sua età. Ogni volta che a tavola mi sfiorava con lo sguardo, io mi sentivo come intirizzito, gelato dal freddo della sua indifferenza. Poi desideravo scomparire, svanire nel nulla, in modo che davanti ai begli occhi di Vera non dovesse presentarsi mai più quello che ritenevo il più sgradevole e antipatico essere umano esistente al mondo.

Nel percorso degli uomini su questa terra c'è, oltre alla nascita e alla morte, un terzo evento catastrofico. È quello che io chiamerei «parto sociale», pur sembrandomi questa formula un po' troppo cerebrale. Mi riferisco al tumultuoso passaggio dalla assoluta irrilevanza dell'uomo giovane alle prime affermazioni della sua personalità in campo sociale. Sono molti gli individui che durante questo parto finiscono male o quanto meno subiscono un danno che durerà per tutta la vita. È già un risultato coi fiocchi essere arrivato a cinquant'anni, e per di più con tutti gli onori. A ventitré anni, essendo io un tipo tardivo, mi auguravo di morire ogni giorno, ma soprattutto quando ero a tavola in casa Wormser. Con il cuore che batteva all'impazzata, ero in attesa di Vera che entrava nella stanza con passo fluttuante. Non appena lei appariva nel vano della porta, un gaudio atroce mi assaliva e mi prendeva alla gola. Vera baciava il padre sulla fronte, dava un buffetto al fratello e a me porgeva la mano con aria assente. Di tanto in tanto mi rivolgeva perfino la parola. Si trattava perlopiù di una domanda riguardante un argomento di cui s'era parlato quel giorno in classe sua. E io con voce bramosa cercavo allora di tirar fuori tutto quello che sapevo e di mettermi in buona luce. Non ci riuscivo mai. Vera infatti mi poneva le domande come se non sapesse che farsene della mia sicumera e della mia presunta infallibilità, ogni volta mi chiedeva le cose come se l'esaminato fossi io e lei l'esaminatrice. Non c'era niente che accettasse di buon grado e senza discutere. In questo era davvero la figlia di suo padre, il dottore. Il suo amore intellettuale per la verità mi sgomentava e quasi mi lasciava senza parole quando, trapassandomi con lo sguardo, interrompeva bruscamente i miei vanitosi sermoni col suo spietato: «Perché è così?». Io, per quel che mi riguarda, non avevo mai chiesto un «Perché?» in vita mia, e anzi mai e poi mai avevo osato mettere in dubbio la giustezza definitiva di ciò che mi era stato insegnato. Non per niente ero figlio di un uomo di scuola, il quale riteneva che «imparare a memoria» fosse in assoluto il miglior metodo di studio per qualsiasi argomento. Vera qualche volta mi tendeva una trappola. E io immancabilmente cadevo nella trappola. Il dottor Wormser, allora, sorrideva stancamente con ironia, o ironicamente con stanchezza, non c'era modo di distinguerlo. L'intelligenza di Vera, il suo senso critico, la sua incorruttibilità erano di gran lunga superate dal suo aspetto fisico, che era di un tale inimitabile fascino che ogni volta mi mozzava il respiro. E ogni volta che io stesso mi tiravo addosso una disfatta, amavo quella fanciulla più disperatamente di prima. Vissi per alcune settimane nel più orrendo sentimentalismo. Di notte inondavo di lacrime il cuscino. Io, il giovane che di lì a qualche anno avrebbe impalmato la ragazza più bella e corteggiata di Vienna, durante quelle infelici settimane ero convinto che mai in vita mia sarei stato degno di quella severa scolaretta di nome Vera. Ebbro ero, ubriaco di disperazione. Due fatti essenziali della donna che adoravo mi facevano continuamente ripiombare negli abissi della mia indegnità: la pulizia del suo intelletto e una specie di alienità dolce che mi estasiava al limite del brivido. Il mio unico trionfo era che nessuno si accorgeva di niente. Quasi non alzavo gli occhi su Vera e mi sforzavo di assumere a tavola un'espressione rigida e affettata. Successe a me quel che succede di solito alle persone pateticamente sfortunate. Di continuo facevo uno sproposito o una bestialità che mi rendevano ridicolo. Sfiorando un bicchiere veneziano che Vera amava particolarmente lo feci cadere per terra. Su una tovaglia fresca di bucato rovesciai del vino rosso. Per puro imbarazzo e stupido orgoglio spesso mandavo indietro le pietanze e mi alzavo da tavola più affamato di prima, pur sapendo che la sera non avrei cenato; privazione insensata, la mia, benché eroica, che a Vera non faceva peraltro nessunissimo effetto. Una volta portai un mazzo di rose, le più belle, quelle con lo stelo più lungo – rimasi in debito per un bel po' con la padrona della mia stanza – ma poiché mi mancava il coraggio di porgerle a Vera, appena entrato le ficcai dietro un armadio dell'anticamera, dove esse ingloriosamente rimasero e appassirono. Insomma, mi comportavo come il più timido degli amanti di una commedia tradizionale, anzi ero ancora più testardo, ancora più impacciato. Un'altra volta, a tavola, eravamo ormai al dessert, sentii che i calzoni troppo stretti – ci scoppiavo dentro in effetti – mi si strappavano a un tratto nel punto più critico. Né la giacca, che anche mi era piccola, copriva quel punto. Come potevo, santo cielo, alzarmi da tavola e passare davanti a Vera mostrandomi in quello stato? Mai in vita mia, né prima né poi, ho vissuto momenti d'inferno paragonabili a quelli, mai la mia dignità è stata messa così a dura prova.

Non c'è chi non veda, signori della Corte, che i ricordi fluiscono copiosi se li indirizzo sulla casa dei Wormser e sull'epoca del primo e ultimo grande amore infelice della mia vita. Davvero non saprei cosa rispondere se voi mi diceste severi: Venga al dunque, signor imputato. Siamo giudici, noi, non guaritori d'anime. Perché ci continua a tediare con questi discorsi sui turbamenti smaniosi di un giovanotto tardivo che ancora non ha superato i postumi della maturazione sessuale? Non può non ammettere che lei ha in seguito superato completamente la sua timidezza. Quando ereditò il frac del suicida e guardandosi allo specchio vide che quell'abito le stava a pennello e la rendeva un giovane di bell'aspetto, quel giorno di colpo lei fu un'altra persona, e cioè fu se stesso. Chi vuole dunque commuovere con questa lagnosissima storia? Crede forse che l'infantile infatuazione che ci ha doviziosamente illustrato possa valere come scusa per il suo successivo comportamento? – Non cerco scuse, signori della Corte. – Quel che resta da stabilire è se lei, nel periodo in cui ha prestato servizio in casa Wormser, non abbia per caso dato a intendere in qualche modo i suoi sentimenti alla fanciulla che aveva allora quattordici o quindici anni. – No, in nessun modo. – E allora parli, signor imputato, seguiti il suo racconto! Si trovava dunque a Heidelberg, dov'era sceso in una pensione per studenti, e lì ha incontrato di nuovo la sua vittima, non è così? – Sì, signori, mi ero appena sistemato in quella pensioncina, e la prima volta che mi sono seduto a tavola, ho rincontrato, dopo ben sette anni, Vera Wormser. Dopo che Jacques, grazie al mio aiuto, aveva superato l'esame di maturità, la famiglia si era trasferita in Germania. Wormser era stato chiamato a dirigere una clinica privata di Francoforte e aveva subito risposto positivamente a questa chiamata. Ma quando io rividi Vera, non erano più in vita né suo padre né suo fratello. Era sola al mondo, ormai, e sosteneva tuttavia di sentirsi libera e indipendente più che abbandonata. Il caso aveva voluto che a quella lunga tavolata io avessi trovato posto accanto a lei...

Mi interrompo, signori della Corte, perché mi rendo conto che il mio modo di esprimermi sta diventando melmoso e impacciato. Quanto più mi concentro, tanto più diventa imbarazzante la mia incapacità di descrivere i fatti. Sto avvicinandomi al tabù, alla stanza proibita dei miei ricordi. Ecco qui ad esempio il litigio che divampò a tavola già il primo giorno. Ricordo che scoppiò ad un tratto su un argomento scientifico in voga a quell'epoca. E so anche che Vera era la mia più accanita avversaria. Benché la mia memoria sia di solito attendibile, non ricordo più l'argomento di quel contenzioso. Suppongo di aver sostenuto il punto di vista convenzionale sottoposto da Vera a un'analisi critica quanto mai corrosiva, e di essermi con ciò assicurato il consenso della maggioranza. E comunque questa volta non fui sconfitto come regolarmente mi succedeva all'epoca in cui pranzavo in casa Wormser quando era ancora in vita il buon dottore. Avevo trentun anni, ero lì come inviato di un Ministero, mi vestivo splendidamente, proprio quel giorno ero già stato visto in compagnia di sua magnificenza il Rettore dell'Università, avevo in tasca soldi a palate, e dunque godevo di una posizione oggettiva e soggettiva di straordinario privilegio rispetto alla popolazione studentesca di cui anche Vera faceva parte. Negli ultimi anni avevo imparato un'enorme quantità di cose, spiando i miei superiori avevo appreso modi e gesti di quell'amabile e cortese supponenza, ma anche prepotenza, che da secoli caratterizza in maniera peculiare i funzionari dell'amministrazione austriaca. Sapevo parlare. Addirittura sapevo parlare con una tale autorevole pacatezza che gli altri erano indotti a tacere. Ero entrato in intimo rapporto con molte personalità di primo piano, i cui punti di vista e opinioni potevo prendere a prestito per sostenere e far trionfare i miei personali punti di vista. Non solo conoscevo l'élite, di questa élite facevo parte io stesso. Nell'epoca che precede l'evento da me definito «parto sociale», il giovane borghese sopravvaluta la difficoltà del gran balzo nel mondo. Per quel che mi riguarda, ad esempio, io non devo affatto la mia stupefacente carriera a qualità personali particolarmente spiccate, ma piuttosto a tre doti di tipo musicale: un finissimo intuito per le umane vanità, il tatto, e infine – considero quest'ultimo il mio talento più importante – l'estrema arrendevolezza, la capacità di imitazione che com'è ovvio affonda le sue radici nella debolezza del mio carattere. Come avrei potuto, altrimenti, diventare da giovane uno dei più ricercati ballerini di valzer della mia generazione, io che non avevo la più vaga idea del passo alternato? Il penoso e ridicolo precettore si presentò dunque come un gran signore agli occhi della fanciulla un tempo adorata. Credo di poter dire che Vera, passato il primo momento di esecrazione, cominciò a guardarmi con crescente meraviglia, mentre i suoi occhi diventavano sempre più grandi, sempre più azzurri. Ma che in me l'antico amore si ridestò di colpo a nuova vita, non è che credo di poterlo dire, lo so con certezza assoluta. Il gioco tra esseri umani, le schermaglie fra uomo e donna, li avevo nel frattempo imparati. Ma questo non era solamente un gioco peccaminoso, era una coazione, la folle coazione a procedere in un certo modo, passo dopo passo, per cadere in una colpa stabilita fin da principio. Credo di poter dire che mi controllavo bene, che non mostravo traccia del mio ardore, e non come in passato per misero orgoglio, ma con la compiaciuta risolutezza di chi va dritto allo scopo. Pensavo e ripensavo a come mettermi ogni giorno nella luce più favorevole sia per tutto ciò che riguarda l'aspetto esteriore, che curavo particolarmente, sia dal punto di vista intellettuale. Riuscii a conquistare Vera non tanto con le piccole ben studiate attenzioni di cui la facevo oggetto, ma piuttosto dandole a intendere che condividevo in cuor mio le sue opinioni spregiudicate e radicali e che soltanto la mia elevata posizione professionale e la ragion di Stato mi inducevano a tenere una linea cosiddetta «mediana». Avvampò, se non ricordo male, avvampò per la gioia quando fu persuasa di avermi guarito dalle «menzogne della convenzione». Aspettai cautamente il momento giusto. Quello che in un modo o nell'altro ciascuno sente come tale. Giunse prima di quanto osassi sperare. Fu il quarto o quinto giorno della mia permanenza a Heidelberg che Vera si diede a me. Non vedo il suo viso, ma sento ancora il rigido stupore che tutta la colmò prima che diventasse mia. Non vedo il luogo dove accadde. È tutto nero. Era una stanza? O si sentiva sotto il cielo notturno uno stormire di fronde? Non vedo nulla, ma serbo in me il senso di quell'attimo meraviglioso. Non era la imperiosa, esigente veemenza di Amelie. Era, la sua, una tensione atterrita, alla quale seguì ad un tratto un alitante rilassarsi della morbida bocca, il cedere sognante delle membra infantili che tenevo fra le braccia, e poi un trepido accostarsi a me, una dolcezza fidente, un credo assoluto. Nessuno al mondo ha mai creduto con la pienezza e il candore di quella ragazza capace di una critica così tagliente. A dispetto dei discorsi liberi di Vera e dei suoi modi spesso selvatici, compresi in quel momento che io ero il primo. Mai fino a quell'ora avevo immaginato che la verginità difesa con tanta asprezza e dolore ha in sé qualcosa di sacro...

A questo punto, signori della Corte, mi devo interrompere. Più procedo e più mi sento avviluppato in una giungla. Allora mi ci inoltrai con cupa risolutezza, ma adesso non riesco più a trovare il modo di entrarvi. Già, il nostro amore somigliava in effetti a una giungla. In quanti e quali posti sono stato in quel periodo con la mia amante? In quante cittadine e villaggi gotici del Tauno, della Foresta Nera, della valle del Reno, in quante locande, sotto quanti pergolati, o giardinetti d'osteria, o camere con il soffitto a volta? Non lo so più. Ho il vuoto nella testa. Ma non è questo ciò che la Corte vuole sapere. Mi si domanda: Si riconosce colpevole? Sì, mi riconosco colpevole. Ma la mia colpa non sta nel semplice fatto che ho sedotto quella ragazza. Ho preso una fanciulla che era pronta a essere presa. La mia colpa è stata che in mala fede ho fatto di lei la mia donna, in maniera assoluta, totale, come mai in vita mia mi era successo, neppure con Amelie. Le sei ineffabili settimane che ho trascorso con Vera sono state l'autentico matrimonio della mia esistenza. Nella grande dubitatrice ho instillato una fede in me veramente inaudita con l'unico intento di farla poi miseramente crollare. Questo è il mio delitto. Vi prego di perdonarmi! Mi sto accorgendo che questa Corte di giustizia non sa che farsene di tanti paroloni. Mi comportai allora come un finto cavaliere che prende le donne con insidiosi lacci, come un volgare istrione che largisce illusioni matrimoniali. La cosa incominciò in perfetto stile, con i gesti più triviali che si usano in queste circostanze. Nascosi innanzitutto la fede matrimoniale. E dalla prima bugia con rigorosa consequenzialità nacque la seconda, la terza, e poi centinaia e centinaia di altre bugie. Ma il vero pepe della mia colpa è un altro, è quello che solo adesso sto per rivelarvi. Tutte queste bugie, e il candore, la fede senza riserve della giovane ingannata accrescevano la mia voluttà in maniera inimmaginabile. Con fervido entusiasmo costruivo dinanzi a Vera la nostra futura vita in comune. Con coscienziosità assolutamente impeccabile dimostravo una sollecitudine casalinga che la conquistò. Nulla fu trascurato nei piani che venivo costruendo, non la suddivisione e l'arredamento della nostra futura casa, non la scelta del quartiere della città la cui posizione sarebbe stata per noi più vantaggiosa, non la selezione delle persone che io ritenevo più degne di avere rapporti con lei: tra esse, naturalmente, figuravano personaggi di grande spicco intellettuale e alcuni dei più irriducibili uomini dell'opposizione. La mia fantasia faceva faville. Niente fu lasciato al caso. Elaborai un piano dettagliatissimo, ora per ora, giorno per giorno, della nostra radiosa vita coniugale. Vera avrebbe interrotto gli studi universitari a Heidelberg per portarli a termine a Vienna al mio fianco. Andammo a Francoforte dove entrammo nei negozi più belli. Cominciai a fare acquisti per il nostro ménage e, in particolare, onde accrescere la voluttà di cui parlavo poc'anzi, comprai ogni sorta di oggetti di uso concreto e quotidiano per la nostra futura stupenda intimità. Feci a Vera un gran numero di regali per aumentare ancora di più la sua fiducia in me. Insomma, malgrado le sue fiere proteste, misi insieme un vero e proprio corredo. Per l'unica volta in tutta la mia vita mi comportai da prodigo. Il denaro che avevo portato se ne andò come niente. Mi feci mandare una grossa somma con un vaglia telegrafico. Passavo le mie giornate a rovistare con fanatico ardore tra damaschi, lini, sete, pizzi e mucchi di delicate, velatissime calze per signora. Che indescrivibile prurito mi nasceva dentro quando in Vera si scioglieva il ghiaccio dell'intelligenza e veniva allo scoperto la donna, la fanciulla in estasi che in tutta la sua esotica leggiadria si arrendeva all'uomo con quella incondizionata dedizione che al sesso maschile spetta di diritto. Non la vedo, signori della Corte, ma sento ancora come noi due camminavamo per la strada mano nella mano, le dita strettamente intrecciate Come sento ancora la melodia del suo passo che procede all'unisono col mio! Non ricordo di aver vissuto niente di più bello di quella mano nella mano, di quei passi che procedevano all'unisono. Ho vissuto pienamente questa sensazione, ma nello stesso tempo godevo, sia pure con profondo raccapriccio, per la morte violenta che stavo per infliggere alla nostra unione. E giunse il giorno del congedo. Per Vera fu una giornata lieta perché dopo un breve periodo di separazione io sarei venuto a prenderla per portarla via con me per sempre. Non vedo il suo viso sotto il finestrino del treno. Ma certo era un viso sorridente, data la tranquilla, piena fiducia che lei aveva in me. «Addio, vita mia» le dissi. «Fra due settimane vengo a prenderti». Ma quando poi, dopo tante settimane di tensione, mi sedetti con un tonfo nello scompartimento dov'ero da solo, crollai, crollai di colpo in un sonno profondo ch'era quasi un'anestesia. Dormii senza mai svegliarmi per ore e ore, e continuai a dormire anche quando arrivai in una grande stazione dove sarei dovuto scendere per prendere un altro treno. Dopo un viaggio lungo e insensato, giunsi di notte in una città che si chiamava Apolda. Lo so con certezza. Vera non riesco più a vederla, ma ho ancora vivide dinanzi agli occhi le immagini della squallida baraonda di quella stazione ferroviaria dove fui costretto ad aspettare il mattino...

Così avrebbe dovuto parlare Leonida. Così avrebbe potuto illustrare coerentemente i fatti davanti a qualsiasi tribunale, dal momento che aveva ben presente ogni minima tessera di questo mosaico. Il sentimento dell'amore e quello della colpa erano vivi dentro di lui, soltanto le immagini e le scene gli sfuggivano ogni volta che cercava di richiamarle alla mente. E, soprattutto, non lo abbandonava mai la sensazione che un processo inatteso si stava compiendo. Il tempo, tuttavia, la bonaccia tremenda al cui centro riteneva di trovarsi, quale che fosse la strada che stava percorrendo, continuava a rendere vano ogni suo tentativo di «inquadrare i fatti». Ora, sempre di più, percepiva con un senso di piacevole torpidità l'assalto dei propri pensieri. Non era forse tempo di prendere finalmente una decisione? Non era forse già stata scritta la sentenza dell'alta Corte di giustizia, una sentenza che si annunciava da qualche parte, dentro e fuori di lui, con burocratica caparbietà? Il primo paragrafo di questa sentenza recitava: Riparazione della colpa verso il figlio. Il secondo paragrafo era ancora più severo: Ristabilimento della verità. Ma ad Amelie poteva poi dirla, la verità? Una simile verità avrebbe distrutto per sempre il loro matrimonio. Malgrado i diciott'anni che erano passati, mai una creatura come Amelie avrebbe perdonato il suo inganno né, tanto meno, una menzogna che durava da una vita. Più che mai in passato Leonida sentì in quel momento di dipendere da sua moglie. Si sentì venir meno. Perché non aveva strappato quella dannata lettera di Vera?!

Leonida alzò gli occhi. Vide davanti a sé l'ala laterale del Parkhotel di Hietzing dove alloggiava la dottoressa Wormser. Lo salutavano ridenti le file di balconi alle quali si avvinghiava una rigogliosa vite selvatica con le sue cento sfumature di rosso. Doveva essere incantevole soggiornare in questo albergo, adesso in ottobre. Le finestre, che si aprivano sul parco di Schönbrunn, guardavano a destra il Tiergarten e a sinistra un piccolo padiglione, il cosiddetto «Kavaliersstöckl» dell'antico castello imperiale. Si fermò davanti all'ingresso dell'albergo. Erano circa le dieci. Non certo l'ora in cui un uomo beneducato può far visita a una signora che quasi non conosce... Avanti! Si disse! Fatti annunciare! Inventa una soluzione senza starci troppo a pensare! Uscì in quel momento dal cancello un funzionario della direzione dell'albergo che salutò cerimoniosamente il capodivisione. Signore Iddio, possibile che uno non possa intrufolarsi da nessuna parte senza essere colto sul fatto?

Leonida attraversò la strada di corsa per rifugiarsi nel parco del castello. Adesso non gli importava più niente che oggi, contrariamente al solito, era in ritardo e che forse il ministro lo aveva già mandato a chiamare. Il viale sembrava snodarsi all'infinito tra i muri di tasso tagliati con barocco artificio per simulare lontananza. Laggiù, da qualche parte, nel vuoto vaporoso, era sospesa la «Gloriette», architettonico corpo astrale, spettro di un esultante ingresso trionfale che senza alcun rapporto con una terra spogliata di magia sembrava condurre nell'ordinato firmamento dell'Ancien régime. C'era, tutt'intorno, un odore di piante sfiorite, di polveri di ogni genere, di fasce di neonati. Leonida era superato di continuo da lunghe colonne di carrozzine. Mamme e bambinaie tenevano per mano i piccoli di tre o quattro anni i cui gridolini e balbettanti piagnistei riempivano l'atmosfera. Leonida vide che i neonati, profondamente assorti nel loro sonno infantile, con i piccoli pugni serrati e le labbra socchiuse, si somigliavano tutti come gocce d'acqua.

Dopo cento passi crollò su una panchina. Faticava in quel momento a farsi largo tra le nuvole un pallido raggio di sole ottobrino che spruzzava di luce leggera il prato di fronte a lui.

Forse egli stava sopravvalutando l'intera faccenda. Forse il giovanotto di Vera non era affatto suo figlio. *Pater semper incertus*, recita già il diritto romano. Non dipendeva soltanto da Vera, ma anche da lui verificare che quello fosse suo figlio. Qualsiasi tribunale avrebbe potuto contestare una simile paternità. Leonida rivolse lo sguardo all'uomo seduto vicino a lui sulla panchina. Era un vecchio signore addormentato. O meglio, non era un vecchio signore, era semplicemente un vecchio. La rognosa bombetta e il rigido e alto colletto di foggia antidiluviana indicavano che si trattava di una vittima dei tempi, di un uomo che come dice una impietosa frase fatta ha conosciuto giorni migliori. Ma chissà, poteva anche essere un cameriere particolare disoccupato da molti anni. Le mani nodose giacevano, pesanti come rimproveri, sulle cosce avvizzite. Mai in vita sua Leonida aveva visto un sonno come quello che dormiva il vecchio accanto a lui. Malgrado la bocca semiaperta con tutti quei tristissimi buchi al posto dei denti, non ci si accorgeva che l'uomo stava respirando. Dappertutto in quel volto glabro correvano, concentrandosi verso gli occhi, grinze e rughe profonde. Erano mulattiere, carrarecce, vie di accesso alla vita, sparse alla rinfusa e poi cresciute ovunque in una landa desolata. Tutto era immobile. Ma gli occhi rovesciati verso l'interno formavano due ombrose cave di sabbia dove tutto finiva. Questo sonno si distingueva dalla morte per un unico fatto, negativo peraltro, e cioè che esso serbava ancora un residuo di spasmo, e di paura, e una piccola, indescrivibile difesa...

Leonida si alzò in piedi di scatto e tornò indietro lungo il viale. Ma già dopo pochi passi sentì che qualcuno arrancava dietro di lui mormorando:

«La prego umilmente, signor barone, è da tre giorni che non metto nello stomaco qualcosa di caldo...».

«Quanti anni ha?» domandò il capodivisione all'uomo che prima stava dormendo, e i cui occhi, anche adesso che era sveglio, sembravano due vuote, sterili fosse.

«Cinquantun anni, signor conte» disse il vecchio in un lamento, come se denunciasse un'età illecita che per motivi di legge non può far conto sulla protezione di nessuno. Leonida tirò fuori dal suo portafoglio una banconota di un certo valore, la porse a quel povero derelitto e proseguì per la sua strada senza più guardarsi indietro.

Cinquantun anni! Così aveva detto, non aveva sentito male, Leonida. Si era appena incontrato con il suo doppio, dunque, il fratello gemello, l'altra possibilità della sua vita, quella a cui solo per un pelo si era sottratto. Cinquantun anni addietro qualcuno aveva spinto in carrozzina due neonati, lui e il decrepito dormiente che allora si somigliavano come due gocce d'acqua, lungo i viali di un parco. Ma lui era tuttora il bel León, azzimato, coi baffetti biondi, lavato e profumato a dovere, esempio luminoso di freschezza e prestanza maschile. Sul suo viso levigato le strade di accesso alla vita non erano né sparse alla rinfusa né vuote, erano anzi alacremente transitate. Vi passavano di continuo, e in forme variegate, sorriso, amabilità, astuzia, buono e cattivo umore, e la menzogna in tutte le sue estrinsecazioni. Lui non dormiva il breve e agonico sonno di chi si accascia sulla panchina di un parco, ma il sonno regolare, sano e rotondo di chi si sente ben protetto dall'intimità di un grande letto francese. Come mai, grazie a quale intervento lui, il precettore di casa Wormser, lo squallido essere a cui erano scoppiati i pantaloni era stato tenuto lontano da una sorte ingrata e rovinosa perché un altro candidato vi fosse spinto al suo posto? Contrariamente al solito, la propria ascesa, e la fortuna che gli aveva arriso, Leonida non le vedeva più, adesso, come il giusto esito di un concorso di personali talenti. Il volto di quel relitto umano che era suo coetaneo gli aveva infatti mostrato l'abisso assegnato a lui stesso non meno che a quello, e che in virtù di un'ingiustizia insondabile per entrambi a lui era stato risparmiato.

Un nero terrore assalì Leonida. Eppure egli avvertiva confusamente, in questo terrore, una macchia chiara. La macchia chiara crebbe. Crebbe fino a quando diventò conoscenza, una di quelle conoscenze, o meglio certezze, a cui quell'uomo di poca fede non era mai pervenuto: Avere un figlio non è cosa da poco. Soltanto quando ha un figlio l'essere umano è irrimediabilmente gettato nel mondo, spietatamente inserito nella catena delle cause e degli effetti. Tutti noi siamo chiamati a rispondere di quello che facciamo. Non si dà soltanto la vita, ma la morte, la menzogna, il dolore, la colpa. Soprattutto la colpa! Posso prendere o non prendere le parti di quel giovanotto, ma la situazione oggettiva non posso cambiarla. Posso scansarlo ma non posso sfuggirgli. «Qualcosa deve succedere, e subito» mormorò Leonida fra sé con aria assorta, e intanto si sentiva invaso da una chiarezza che lo sconvolgeva indicibilmente.

Giunto al cancello del parco, chiamò un taxi con gesto impaziente:

«Al Ministero dell'Istruzione!».

Mentre cresceva dentro di lui un'audace decisione, guardò fisso davanti a sé come un cieco il giorno che ora si presentava lievemente alleggerito.

IV

LEONIDA AGISCE IN FAVORE DI SUO FIGLIO

Non appena entrò in ufficio, a Leonida fu comunicato che il ministro lo aspettava alle undici e dieci nella sala rossa. Il capodivisione guardò spaesato il segretario che gli portava questa notizia e non gli diede risposta. Dopo un momento di stupore, il giovane impiegato depose una cartelletta sulla scrivania sottolineando, sia pure con cautela, il suo gesto. Nella riunione che era stata fissata – così disse, con la dovuta modestia – si sarebbe presumibilmente discusso delle nuove nomine per le cattedre universitarie rimaste vacanti. Il signor capodivisione avrebbe trovato nella cartelletta tutto il materiale, ordinato secondo il solito criterio.

«Coi miei più sentiti ringraziamenti, carissimo» disse Leonida senza degnare di uno sguardo la cartelletta in questione. Il segretario scomparve con passo esitante. Si aspettava che come di consueto il suo capo, dopo aver sfogliato il dossier in sua presenza, ponesse domande e facesse commenti in modo da non presentarsi impreparato alla riunione con il ministro. Ma oggi a queste cose Leonida non pensava affatto.

Come tutti gli altri funzionari dello Stato di grado elevato, il capodivisione non teneva i signori ministri in particolare considerazione. Questi ultimi cambiavano di continuo, infatti, in base ai giochi di forza politici, mentre lui no, lui e i suoi colleghi restavano al loro posto. I ministri, portati alle stelle dai partiti per poi essere spazzati via da questi stessi partiti, somigliavano perlopiù a poveri naufraghi aggrappati disperatamente alle zattere del potere. Non avevano né la giusta visione per comprendere i labirintici iter del lavoro ministeriale né la giusta sensibilità per le sacre regole della burocrazia fine a se stessa. Nella stragrande maggioranza dei casi, erano uomini rozzi e mediocri che non sapevano far altro che sforzare la loro voce sguaiata per parlare in riunioni di piazza o bussare con fastidiosa insistenza alle porte di servizio degli uffici ministeriali per raccomandare i loro compagni di partito o le loro famiglie. Leonida e quelli come lui avevano invece imparato l'arte del governo né più e né meno come i musicisti imparano il contrappunto esercitandosi per anni con scrupolo indefesso. Possedevano una squisita e raffinata sensibilità per le mille sfumature dell'organizzazione e della decisione. I ministri non erano altro (ai loro occhi) che fantocci politici, anche se, obbedendo allo stile dell'epoca, assumevano atteggiamenti quanto mai dittatoriali. Loro comunque, i capidivisione intendo, proiettavano la loro ombra di stabilità su questi tiranni. Quale che fosse la risciacquatura politica degli uffici che dirigevano, non veniva mai meno la sicura efficacia del loro comando. Di loro c'era bisogno, questo era il fatto. Alteri e arroganti come mandarini, era abitudine dei funzionari starsene modestamente in disparte. Disprezzavano le esibizioni, i giornali, la pubblicità personale dei politici, da essi ritenuti eroi di una sola stagione –

e in Leonida questi sentimenti erano ancora più forti che in tutti gli altri, essendo lui un uomo ricco e indipendente.

Allontanò da sé la cartelletta, si alzò in piedi di scatto e incominciò a misurare a grandi, energici passi il suo ufficio spazioso. Quali e quanti potenti influssi si sprigionavano da quella stanza così piena di cose a inondare l'animo suo! Questo era il suo regno, non certo la casa sontuosa di Amelie. L'imponente scrivania così distintamente deserta, le due grandi poltrone rosse a braccioli con la pelle tutta rigata, lo scaffale per i libri dove lui aveva disposto in bell'ordine, Dio solo sa perché, i classici greci e latini e le riviste di filologia ereditati da suo padre, gli armadi per le pratiche, le alte finestre, la mensola del camino con l'orologio a piede di metallo dorato che risaliva all'epoca del loro congresso, alle pareti i ritratti completamente anneriti di chissà quali arciduchi e ministri – tutti questi oggetti consunti e impersonali che venivano dal cosiddetto «deposito dei mobili di Corte» – erano in un certo senso i puntelli dei suoi vacillanti sentimenti. Respirò a piene nari la dignità di quella stanza che non veniva mai spolverata a dovere. La sua decisione era presa irrevocabilmente. Oggi stesso avrebbe detto a sua moglie tutta la verità. Sì, oggi stesso! A tavola! Durante il dessert, oppure, come forse era meglio, al momento del caffè. Come un politico che si prepara un discorso, così Leonida sentiva se stesso col suo orecchio interno.

Se non ti dispiace, tesoro mio, restiamo qui seduti ancora un momento. Non voglio spaventarti, ma io ho qualcosa, Amelie, ho un gran peso sul cuore che mi opprime da moltissimi anni. Semplicemente fino ad oggi mi è mancato il coraggio di dirtelo, e tu mi conosci, Amelie, lo sai che sopporto tutto ma non le catastrofi, le scenate e le burrasche sentimentali, non tollero, non posso sopportare di vederti soffrire... Ti amo oggi come ti ho sempre amata, e sempre ti ho amata come ti amo oggi. Considero il nostro matrimonio il santuario della mia esistenza, anche se tu sai che a me non piace fare il patetico. Spero proprio che nella storia del nostro amore siano poche le cose per le quali devo essere perdonato. Insomma, Amelie, sono qui per dirti che ho commesso un'unica, grandissima colpa. Sta a te punirmi, anche assai crudelmente. Sono pronto a tutto, carissima, ti assicuro che accetterò incondizionatamente il tuo giudizio, sono perfino disposto, se tu dovessi ordinarmelo, a lasciare la nostra, o meglio la tua casa, e a cercarmi un piccolo alloggio non troppo lontano da te. Ma rifletti prima di giudicare, considera, ti prego, che la mia colpa risale ad almeno diciotto anni or sono e che non una sola cellula del nostro corpo né un moto del nostro animo è uguale a com'erano a quell'epoca. Non che io voglia edulcorare le cose, ma oggi so con certezza che durante quella nostra sciagurata separazione più che tradirti io ho agito come sotto l'impulso irresistibile di una potenza demoniaca. Credimi, Amelie, mi devi credere! Non è forse il nostro lungo e felice matrimonio la vivente testimonianza che quello che sto dicendo è vero? Lo sai che a te piacendo fra cinque o sei anni festeggeremo le nozze d'argento? Sfortunatamente il mio incredibile smarrimento di allora non è rimasto privo di effetti. Esiste un bambino, anzi un giovanotto di diciassette anni. L'ho saputo solo oggi, te lo giuro. Ti prego, Amelie, taci, adesso, non dire parole avventate, non prendere decisioni premature e dettate dall'ira. Io esco da questa stanza, ora. Ti lascio sola. Così puoi riflettere con calma. In ogni caso, qualunque sarà la tua decisione riguardo alla mia persona, io di questo giovanotto non potrò non prendermi cura.

No, così non va assolutamente! Troppo molle, troppo lamentoso! Bisogna che le faccia un discorso più stringato, virile, preciso, senza ambiguità né giri di parole, non devo rivolgermi a lei in questo modo vile, supplichevole, sentimentale. Di continuo mi torna alla superficie questo antico, disgustoso sentimentalismo. Neanche per un attimo Amelie deve pensare che per punirmi può cacciarmi di casa nella maniera più spietata e che io dipendo irrimediabilmente dal suo denaro per i miei vizi, le mie comodità, le dolci mollezze della mia esistenza. E non si metta in testa, per l'amor del cielo, che io mi sentirei completamente perduto se non avessi la nostra casa, le nostre due automobili, la nostra servitù, le raffinatezze della nostra cucina, i nostri amici e i nostri viaggi, anche se è vero che con ogni probabilità il giorno in cui non potrò più godere di queste dannate e ingombranti comodità mi sentirò veramente perduto. Leonida cercò un modo nuovo e più conciso di formulare la sua confessione. Di nuovo non ci riuscì. Dopo la quarta prova fallita, diede furioso un grande pugno sul tavolo. Al diavolo l'orrenda mania degli impiegati di voler dare una spiegazione, un chiarimento per ogni cosa! Non risiedeva forse la vera vita in ciò che non si può prevedere, e cioè nell'ispirazione del momento? Non aveva egli forse tutto irrimediabilmente guastato con il successo e l'agiatezza, tanto che a cinquant'anni aveva già disimparato a vivere una vita vera? Il segretario bussò. Le undici! Era ora. Leonida prese la cartelletta con fare stizzito, uscì dal suo ufficio e, dopo aver percorso con passi sonanti i lunghi corridoi dell'antico palazzo, salì la magnifica scalinata che conduceva su, al regno del ministro.

La sala rossa era una stanza piuttosto piccola e squallida che il tavolo verde delle riunioni riempiva quasi completamente. Era qui che si tenevano perlopiù le sedute riservate del Ministero. Quattro signori vi si trovavano già riuniti. Con il suo tipico, stereotipato sorriso (entusiasta e beffardo nello stesso tempo) Leonida li salutò. C'era in prima linea il famoso «presenzialista», il capo di gabinetto del Ministero, un tipo fra i sessanta e i settanta che si chiamava Jaroslav Skutecky, l'unico superiore di Leonida sia per rango sia per età. Skutecky, col suo antiquato abito da passeggio, il pizzetto grigio, le mani arrossate e la pronuncia legnosa si presentava come l'esatto contrario del capodivisione, che era invece il perfetto uomo alla moda. In quel momento, non senza una certa passionalità, stava illustrando a due giovani consiglieri del Ministero, nonché a Schummerer, il professore rosso di capelli, come qualmente fosse riuscito quest'anno a organizzare in maniera splendida le sue vacanze estive. Con tutta la famiglia, «sette bocche da sfamare, purtroppo», come non si stancava mai di sottolineare.

«In riva al più bel lago che c'è in questo Paese, nevvero, ai piedi del nostro più imponente massiccio, in un paesino che è un vero gioiello, poca apparenza ma molta sostanza, nevvero, con piscina all'aperto e sala da ballo per i cari ragazzi, autobus che portano ovunque, nevvero, e comode passeggiate per gotta e angina pectoris. Tre stanze in un'ottima locanda, niente lusso ma acqua corrente in abbondanza calda e fredda, nevvero, e tutte le altre cose di cui uno può aver bisogno. E il prezzo, signori miei, son sicuro che non lo indovinate. Qui lo dico e lo metto per iscritto: cinque scellini pro capite. Quanto al cibo, nevvero, magnifico, abbondante, tre portate à midi, e quattro le soir. Non ci crederete, signori: antipasto, minestra, arrosto con due contorni, e a scelta dessert, formaggio o frutta, il tutto, nevvero, cotto col burro o comunque con dell'ottimo grasso, vi do la mia parola che non sto esagerando...». Questo peana veniva interrotto di tanto in tanto da un borbottio di assenso e ammirazione da parte degli ascoltatori e proprio allora fece gloriosamente il suo ingresso un uomo piuttosto giovane col viso spugnoso e il naso all'insù. Leonida invece si avvicinò alla finestra e guardò con occhi sgranati la severa, spiritualissima sagoma della Minoritenkirche, la chiesa gotica che si ergeva di fronte al Ministero. Lui, grazie ad Amelie, ma anche per il fatto che non avevano figli, non era costretto a immergersi nella sconfinata banalità della vita piccolo borghese come questo povero vecchio di Skutecky e tutti gli altri suoi colleghi che scontavano i privilegi della loro posizione con un reddito estremamente esiguo. (Come dice un famoso commediografo di Vienna, l'impiegato statale non ha niente, ma quel niente è sicuro). Leonida toccò con la fronte il gelido vetro della finestra. Sul fianco sinistro della chiesa c'era un piccolo arruffato giardino sul cui prato cresceva qualche smunta pianta di acacia. Le foglie sembravano finte nella loro immobilità, plasmate con la cera a imitazione della natura. La bella piazza somigliava oggi al cupo cortile a lucernario di un casermone. Il cielo non si vedeva affatto. La stanza diventava sempre più buia. Leonida, immerso com'era nel vuoto del suo sconcerto, neanche si accorse che era entrato il ministro. Fu destato soltanto dalla voce di costui, Vinzenz Spittelberger, una voce acuta e lievemente velata che diceva:

«Lor signori, buongiorno, salve, salve...».

Il ministro era un uomo piccolo con addosso un abito così pesto e sgualcito da destare il sospetto che ci avesse dormito dentro per parecchie notti di seguito. Tutto in questo Spittelberger era di colore grigio e appariva stranamente slavato: i capelli, ritti in testa e pettinati a spazzola, le guance mal rasate, le labbra arcuate e sporgenti, gli occhi eccentricamente strabici – dalle nostre parti li chiamano «estatici» –, e perfino la pancetta appuntita che sporgeva irrimediabilmente e immotivatamente subito sotto la scarna cassa toracica. L'uomo era originario di una regione alpina e ogni dieci parole sosteneva di essere lui stesso un contadino, il che non era vero affatto perché anzi aveva passato tutta la vita in grandi città, vent'anni addirittura nella capitale, dove era stato insegnante e alla fine direttore di una scuola di perfezionamento. Spittelberger faceva l'effetto di un animale nictalope. Il pince-nez di foggia antiquata che si ostinava a tenere davanti a quei suoi occhi estatici non sembrava affatto aiutare questi ultimi a vederci meglio. Quel giorno, subito dopo aver preso posto al tavolo della riunione di cui si era assunto la presidenza, reclinò sulla spalla destra il suo crapone carico di attenzione indifferenziata. I funzionari sapevano che negli ultimi giorni il ministro aveva tenuto una serie di riunioni politiche disseminate qua e là nel Paese e che solo di prima mattina, col treno della notte, era arrivato in città da una provincia assai lontana. Spittelberger aveva fama di uomo indistruttibile e sempre in arretrato col sonno.

«Ho convocato qui lor signori» incominciò con voce roca e frettolosa «perché desidero, alla riunione di domani del consiglio dei ministri, condurre a buon fine la questione delle chiamate. Lor signori mi conoscono. Sono un tipo che va per le spicce. Dunque, caro Skutecky, se posso pregarla...».

Con un gesto appena accennato e quasi sdegnoso invitò i funzionari a prendere posto e attirò nel contempo il professor Schummerer a sedersi alla sua destra. Schummerer il rosso era l'uomo di fiducia del Ministero per i problemi dell'università ed era inoltre considerato il favorito del ministro Spittelberger che alcuni solevano definire «sfinge politica». Con grande dispetto del capodivisione Leonida, Schummerer si presentava al Ministero verso mezzogiorno, si aggirava per i diversi uffici col suo passo strascicato, interrompeva il lavoro di tutti e non faceva che riferire pettegolezzi accademici per ottenere in cambio pettegolezzi politici. La sua materia d'insegnamento era la preistoria. La scienza storica di cui egli aveva nozione incominciava esattamente là dove ha fine il sapere storico.

Il suo spirito di ricerca pescava in un certo senso nel torbido. Ma la curiosità di Schummerer era rivolta all'età della pietra del presente non meno che a quella del passato. Egli possedeva un orecchio sensibilissimo per il mutevole intreccio di ogni sorta di relazioni, influssi, simpatie e intrighi. Sul suo volto si potevano leggere, come su un barometro, le oscillazioni della temperatura politica del momento. Da qualsiasi parte si volgesse, si poteva star certi che quella era la parte del potere in ascesa...

«Il capodivisione avrà la bontà di...» disse legnoso il vecchio Skutecky lanciando un'occhiata interrogativa alla cartelletta che giaceva sul tavolo davanti a Leonida.

«Ah, già» fece questi, e schiarendosi la voce aprì la cartelletta e diede inizio alla sua relazione con la spigliatezza tecnica che aveva acquisito in venticinque anni di esperienza. Sei erano le cattedre vacanti in attesa di nuova nomina in diverse università del Paese. Nella sequenza e secondo le indicazioni riportate nei fogli di carta che aveva davanti a sé, il capodivisione riferì sui singoli studiosi che il suo ufficio intendeva portare all'esame dei convenuti. Lo fece con una coscienza totalmente scissa. La sua voce come per prodigio procedeva per suo conto, su un binario parallelo rispetto a lui. Seguì un profondo silenzio. Nessuno fece obiezioni contro i candidati presentati da Leonida. A ogni caso risolto, egli porgeva il relativo foglio al giovane impiegato dalla faccia spugnosa che prontamente, in piedi dietro al ministro, li riponeva uno a uno nella borsa di quest'ultimo piena zeppa di fascicoli. Quanto a Vinzenz Spittelberger, prima aveva posato sul tavolo il pince-nez e ora dormiva. Raccoglieva, o meglio accaparrava sonno dove, quando e come poteva. Mezz'oretta qua, dieci minuti là facevano messi insieme una somma discreta che si poteva sottrarre al sonno notturno senza creare ammanchi troppo consistenti. Perché della notte si aveva bisogno per gli amici, era quasi un lavoro ritrovarsi con loro al tavolo riservato di questo o quel Caffè. Se ne aveva bisogno per sbrigare lavori arretrati, per viaggiare, e soprattutto, voluttà delle voluttà, per dedicarsi al piacere del complotto. Nella corriva alacrità delle riunioni notturne germoglia ciò che è stato seminato durante il giorno, fruttifica con dolcezza il grembo degli intrighi. Per questo anche un politico in carica non può rinunciare alla notte, che è un elemento equivoco ma pur sempre produttivo. Oggi si recita la parte del ministro investito di una specifica competenza, ma domani, se si saranno riconosciuti e interpretati rettamente i segni del tempo e non ci si sarà incautamente legati a una parte o all'altra, non è detto che non si possa attirare sulla propria persona tutto il potere dello Stato. Spittelberger dormiva, ma il suo sonno – sia pur ristorandolo – era un sonno strano, somigliava a una tenda tutta buchi e strappi dietro la quale il dormiente origliava in trepida attesa del momento di saltar su e di mettersi all'opera.

Leonida aveva già parlato venti minuti illustrando curriculum, fatti ed eventi relativi ai professori di cui proponeva la nomina e aveva messo a punto per ciascuno di loro, basandosi sui rapporti che aveva davanti a sé, un profilo di buona condotta politica e personale. La sua voce era un piacevole rullo, sommesso e veloce. Nessuno si accorgeva che andava avanti a proprio rischio e pericolo, separata dalla mente di colui che stava parlando. Il foglio con i dati del quinto studioso passava in quel momento nelle mani dell'impiegato dalla faccia spugnosa. S'era fatto talmente buio nella stanza che uno di loro accese il lampadario centrale.

«Eccomi dunque alla nostra facoltà di medicina» disse Leonida con la sua voce piacevole, e fece seguire una pausa significativa. «L'ordinario di medicina interna, signor ministro» intervenne a questo punto Skutecky con voce lievemente più alta e quasi devota, come di uno che parli in chiesa. Ma questo risveglio non sarebbe stato necessario perché Spittelberger aveva già da tempo spalancato gli occhi slavati e faceva scorrere da uno all'altro il suo sguardo estatico senza un'ombra di smarrimento o di sonnolenza. Quest'uomo, che era un vero artista del sonno, sarebbe stato senza dubbio in grado di elencare nomi e caratteristiche dei cinque candidati di cui si era parlato finora, e in ogni caso l'avrebbe fatto meglio di Leonida.

«La medicina,» disse Spittelberger ridendo «con la medicina bisogna fare attenzione. È un tema che interessa il popolo. È il punto di transizione dalla scienza alla veggenza. Io sono un uomo semplice, un innocuo contadino, lor signori lo sanno bene, ed è per questo che appena ho qualcosa che non va preferisco consultare subito l'erborista, il cerusico, il guaritore. Ma il fatto è che non ho niente che non va...».

Schummerer il preistorico ridacchiò con compiacenza esagerata. Sapeva quanto Vinzenz Spittelberger andasse fiero di questo genere di umorismo. Anche Skutecky, sostenuto dal sorriso corrivo dei signori più giovani, si lasciò andare a un: «Splendida, questa...». E aggiunse in fretta:

«Il signor ministro riprenderà dunque in considerazione la proposta di nominare il professor Lichtl...».

Lanciatissimo ormai come fine umorista che aveva avuto il riconoscimento di tutti gli astanti, Spittelberger ghignò e così disse facendo udibilmente gorgogliare la saliva:

«Non ce l'avete a disposizione un luminare più luminoso di questo Lichtl? Mi vien voglia, quasi quasi, di nominare il diavolo in persona professore ordinario di medicina interna...».

Leonida stava fissando con aria assente i pochi fogli che aveva ancora davanti a sé. Lesse il nome del celebre specialista in cardiologia, il professor

Alexander Bloch. Sopra questo nome lui stesso, con la matita rossa, aveva scritto: «Impossibile». L'aria era densa di fumo e di crepuscolo. Respirare era diventato pressoché impossibile.

«Sia la facoltà di medicina, sia il senato accademico si sono pronunciati senza riserve in favore di Lichtl» fece Schummerer in modo da rafforzare il suggerimento di Skutecky, in direzione del quale fece un cenno col capo per significare che la vittoria era certa. Ma a quel punto si levò la voce del capodivisione Leonida il quale disse: «Impossibile».

Ad un tratto tutti alzarono lo sguardo. Il viso affaticato di Spittelberger si aggrottò per la tensione. «Cosa ha detto?» domandò con durezza il vecchio che tante riunioni aveva presieduto e credeva di aver frainteso la parola del suo capodivisione con il quale solo ieri aveva parlato di questo caso delicato dicendogli che al giorno d'oggi non era assolutamente opportuno affidare una cattedra così importante al professor Alexander Bloch, per grande che fosse la sua competenza. Leonida si era dichiarato in tutto e per tutto del suo stesso parere e non aveva tra l'altro fatto mistero della propria avversione per il professor Bloch e il suo ben noto parentado. E adesso, dunque? I signori, e non ultimo Leonida stesso, erano stupiti, sconvolti addirittura a causa di quello strano, drammatico «Impossibile». Mentre la sua voce esprimeva pacatamente le ragioni del dissenso, l'altra persona che era in lui riconosceva quasi divertito: Ecco, sto tradendo radicalmente me stesso, e in questo modo do inizio all'azione in favore di mio figlio...

«Non voglio in alcun modo pestare i piedi al professor Lichtl,» disse con voce squillante «può darsi che egli sia un buon medico e un buon docente, ma finora ha sempre lavorato soltanto in provincia, le sue pubblicazioni non sono molte e di lui in generale non si sa gran che. Il professor Bloch è invece una celebrità mondiale, premio Nobel per la medicina, dottore honoris causa di otto università in Europa e in America. È medico di case regnanti e di capi di Stato. Solo poche settimane or sono è stato chiamato a Buckingham Palace per un consulto. Ogni anno attira a Vienna i pazienti più ricchi del mondo, nababbi argentini e maragià indiani. Un piccolo paese come il nostro non può permettersi di trascurare e mortificare un uomo di tale grandezza. Fra l'altro, mortificando lui solleveremmo contro di noi la pubblica opinione di tutto l'Occidente...».

Un'ombra di sarcasmo aleggiò sulla bocca dell'oratore. Stava pensando che da non molto, durante una brillante serata in società, lui stesso era stato interrogato sul «caso Bloch». E che in quell'occasione aveva decisamente respinto tutti gli argomenti che or ora aveva fatto suoi. Successi internazionali come quello di Bloch e compagni non erano fondati su valori e capacità effettive, bensì sul sostegno che in tutto il mondo gli israeliti si danno l'un l'altro, sull'asservimento della stampa e su una notoria pubblicità a pagamento assolutamente spudorata. Queste erano state non soltanto le sue parole, alla lettera intendo, ma anche il suo convincimento.

Il preistorico si stropicciò la fronte perplesso: «Ma', che cosa vuole che le dica, egregio signor capodivisione... Il fatto è che purtroppo la vita privata di questo signore non è quel che si dice ineccepibile. I signori sapranno che è un giocatore incallito, uno capace di passare intere notti al tavolo del poker e del baccarà. E le somme che si gioca sono enormi. Abbiamo sull'argomento un rapporto segreto della polizia. Quanto agli onorari, vivaddio, non è certo uno che si tira indietro, questo lo sanno tutti: da duecento a mille scellini per una sola visita. Ha un cuore grande così soltanto per i suoi correligionari, quelli, si sa, li cura gratis, soprattutto se arrivano al suo ambulatorio in caffettano. Per quel che mi riguarda, sono convinto che un piccolo

Paese come il nostro non possa permettere che un Abraham Bloch...».

A questo punto il vecchio Skutecky tolse la parola al troppo zelante esperto in preistoria e intervenne lui con un tono di noncuranza e assoluta obiettività:

«Vi prego di non dimenticare che il professor Alexander Bloch ha già sessantasette anni e che perciò, se non si conta l'ultimo anno di docenza onoraria, non gli restano che due anni di attività accademica».

Leonida, inarrestabile nel suo tralignamento, non poté fare a meno di citare una battuta che andava allora di moda in certi circoli della città:

«Ma certo, signori miei! Prima era troppo giovane per avere una cattedra. Adesso è troppo vecchio. E nel frattempo gli è capitata la disgrazia di chiamarsi Abraham Bloch...».

Non rise nessuno. Le facce grinzose degli enigmisti guardavano severamente il rinnegato. Che cosa era successo? Quali torbidi influssi potevano essere intervenuti?

Che scoperta! Non per niente è il marito di una Paradini! Se uno è benedetto dai suoi quattrini e dalle sue relazioni è chiaro che può tirarsi fuori e nuotare contro corrente. I Paradini fanno parte della grande plutocrazia internazionale. Ecco perché! Questo Abraham Bloch sta in effetti muovendo mari e monti, oltre che, presumibilmente, la casa reale d'Inghilterra. Intrighi della massoneria, della malavita planetaria del denaro, mentre quelli come noi non sanno da dove tirar fuori i quattrini per comprarsi un abito nuovo...

Il relatore rosso di capelli si soffiò a questo punto il naso poroso e con aria meditabonda osservò il risultato delle sue parole:

«Il nostro grande vicino» fece poi con aria afflitta e minacciosa nello stesso tempo «ha fatto piazza pulita nelle università di ogni sorta di elementi estranei. Se un uomo di nome Bloch ottiene da noi una cattedra, e per di più di medicina interna, ciò sarà visto come un atto dimostrativo, come un pugno sul muso del Reich, è questo il tema che vorrei qui sottoporre all'attenzione del ministro. Mentre noi, proprio per difendere la nostra indipendenza, abbiamo tutto l'interesse a far sì che questi individui non continuino a viaggiare con il vento in poppa...».

La metafora del vento in poppa che bisognava sottrarre al futuro timoniere era in quei giorni tra le più popolari. Qualcuno disse: «Giustissimo!». L'impiegato dalla faccia spugnosa, in piedi dietro la sedia del ministro, si era lasciato andare a questa esclamazione. Leonida lo guardò dritto negli occhi. L'impiegato apparteneva a un settore con cui il capodivisione non aveva frequenti contatti. Ma poiché l'imprevedibile Spittelberger lo aveva preso sotto la sua protezione, egli era presente anche oggi a questa riunione. Lo sguardo annacquato di quel pingue individuo irradiava un tale odio che a stento Leonida riuscì a tollerarlo. Era bastato nominare Abraham Bloch per infiammare di collera quella faccia larga e flemmatica. Da quale fonte si veniva raccogliendo un odio così traboccante? E perché apertamente e spudoratamente si rivolgeva contro di lui, il funzionario più fidato del Ministero, un uomo che guardando al proprio passato poteva vantare venticinque anni di onorato servizio? Lui, Leonida, mai e poi mai aveva dimostrato la benché minima predilezione per tipi come il professor Bloch. Al contrario, li aveva sempre evitati, se non addirittura detestati. E ora ad un tratto si rendeva conto di essere stato proditoriamente coinvolto in questa comunità quanto mai sospetta. Di tutto ciò poteva dir grazie alla diabolica lettera di Vera. I fondamenti sicuri della sua esistenza apparivano sovvertiti. Contro le proprie convinzioni si vedeva costretto a sostenere la candidatura di un medico alla moda, di un vero e proprio idolo delle masse. E, come se non bastasse, adesso gli toccavano anche le osservazioni sfrontate e le occhiate impudenti di quel bellimbusto con la faccia da impiastro, come se lui non fosse soltanto il difensore di Bloch, ma Bloch in carne e ossa.

Era successo tutto così in fretta. Leonida abbassò gli occhi per primo davanti a quel nemico che tutt'a un tratto gli si era parato davanti. Solo adesso si accorse che dietro il suo pince-nez storto Spittelberger lo stava fissando con la massima attenzione.

«Il suo punto di vista, signor capodivisione, è notevolmente cambiato...».

«Sì, signor ministro, su questo argomento ho cambiato il mio punto di vista...».

«In politica, mio caro amico, è una buona idea, qualche volta, far arrabbiare qualcuno. Tutto dipende da chi si fa arrabbiare...».

«Non sono un politico, signor ministro, non ho questo onore. Cerco soltanto di servire lo Stato secondo coscienza...».

Seguì una gelida pausa. Skutecky e gli altri funzionari si rinchiusero in se stessi. Ma Spittelberger non sembrò aver preso in mala parte la frase stizzita di Leonida. Mostrò i suoi denti guasti e spiegò con voce calda e conciliante:

«Ma no, cosa va a pensare, dicevo questo con la massima semplicità, sono un vecchio contadino io...».

Non c'era, in tutto il vasto mondo – come Leonida percepiva ora perfettamente – un essere umano più contorto e ingarbugliato di quel sedicente «vecchio contadino». Nonostante il suo silenzio, si avvertiva palpabilmente, dietro la fronte di quell'ispido crapone, il traffico concitato, sopraelevato e sotterraneo, della sua instancabile perseveranza. L'opportunismo elettrizzato di Spittelberger formava nella stanza una specie di nube spessa che appariva adesso a Leonida più tormentosa dell'ostilità di

Schummerer e dell'impiegato dalla faccia spugnosa. L'aria si era fatta ormai del tutto irrespirabile.

«Col permesso del signor ministro» disse ansimando Leonida, e spalancò una finestra. Proprio in quel momento scoppiò un violentissimo acquazzone. Un muro di pioggia battente avvolse il mondo. Non si vedeva più la Minoritenkirche. Con il fragore di un attacco di cavalleria la pioggia tambureggiava su tetti e selciato. Dal centro di quell'immenso edificio di pioggia rombò un tuono che nessun lampo aveva preceduto.

«Finalmente, era proprio ora» disse Skutecky con la sua legnosa pronuncia. Spittelberger si era alzato in piedi e ora, tenendo la spalla sinistra più alta della destra e le mani nelle tasche dei pantaloni tutti stropicciati, si stava avviando verso Leonida con passo strascicato. Adesso sì che somigliava a un contadino che al mercato settimanale del bestiame tratta la vendita della sua mucca cercando di alzare il prezzo:

«Che cosa ne direbbe, signor capodivisione, se assegnassimo a questo Bloch la grande croce al merito aurea per le arti e le scienze, e in più gli conferissimo il titolo di consigliere aulico?...».

Questa proposta dimostrava che il ministro non vedeva nel suo capodivisione un semplice galoppino burocratico come nel solerte Jaroslav Skutecky, ma che anzi lo considerava una personalità influente dietro la quale si nascondevano arcane potenze che assolutamente non dovevano essere offese. La soluzione del problema era degna di Spittelberger. Una cattedra e una clinica universitaria, significando una effettiva posizione di potere, non possono assolutamente essere sottratte alla comunità scientifica autoctona. E tuttavia, una onorificenza che viene attribuita solo in rarissime occasioni è un tale onore per chi la riceve che i seguaci della parte avversa non avranno più nulla di cui lamentarsi. In questo modo entrambi hanno il loro vantaggio.

«Che cosa ne pensa di questa scappatoia?» disse ammiccante Spittelberger.

«Ritengo questa scappatoia semplicemente inammissibile, signor ministro» fu la risposta di Leonida.

Vinzenz Spittelberger detto la sfinge allargò le gambe robuste e chinò come un caprone la sua grigia testa setolosa. Leonida abbassò lo sguardo sulla zona calva della scriminatura e sentì che il politico deglutiva prima di dire con ostentata pacatezza:

«Lo sa, caro amico, io sono un tipo che va per le spicce...».

«Non posso impedirle, signor ministro, di commettere un errore» fu la brusca risposta di Leonida che in quel mentre si sentì pervaso dalla coscienza inebriante di un coraggio sconosciuto. Qual era la posta in gioco? Alexander Bloch? Ridicolo! Quel povero Bloch non era altro che un pretesto intercambiabile. Ma Leonida riteneva di essere ormai forte abbastanza per affrontare la verità e rinnovare la propria esistenza.

Il ministro Spittelberger, seguito da Skutecky e dagli altri consiglieri del Ministero, aveva ormai lasciato la sala rossa. La pioggia continuava a scrosciare ininterrottamente.

V
UNA CONFESSIONE, MA NON QUELLA GIUSTA

Quando Leonida arrivò a casa, la pioggia era ancora insistente, anche se meno fitta di prima. Il cameriere lo avvertì che la signora non era ancora rientrata dal suo giro in macchina. Accadeva assai di rado che Leonida, venendo a casa dall'ufficio a mezzogiorno, fosse costretto ad aspettare Amelie. Mentre appendeva all'attaccapanni il suo cappotto fradicio, era ancora tutto tremante e sbigottito al pensiero di come si era comportato. Oggi, per la prima volta in vita sua, non aveva usato col ministro il tono del perfetto funzionario. Non era nelle abitudini dei funzionari combattere a viso aperto. Il loro metodo consisteva piuttosto nello sfruttare la corrente e nel farsi da essa trascinare per eludere gli scogli indesiderati e raggiungere l'approdo agognato. Ma lui questa volta aveva voltato le spalle a quell'arte sopraffina e maneggiando con brutalità il caso di Alexander (Abraham) Bloch lo aveva fatto assurgere a oggetto di una crisi, a un problema da consiglio dei ministri. (Si trattava peraltro di un caso noiosissimo). E se pure era accaduto che per influsso segreto di Vera e di suo figlio egli era già stato indotto alla lotta, almeno avrebbe dovuto condurla secondo le antiche consuetudini, e cioè con «metodo negativo». Anziché schierarsi in favore del professor Bloch avrebbe dovuto pronunciarsi contro il professor Lichtl, e non, nota bene, con argomenti veri, bensì con obiezioni puramente formali. Skutecky si era dimostrato ancora una volta maestro della sua materia in quanto aveva condotto la battaglia contro Bloch non basandosi sul puro e semplice antisemitismo, ma adducendo la giusta e obiettiva motivazione della sua età piuttosto avanzata. In modo analogo, lui, Leonida, avrebbe dovuto mettere insieme le prove che la candidatura di Lichtl non rispondeva a tutte le esigenze del caso. Se domani il consiglio dei ministri avesse comunque deliberato la chiamata di quello squallido tappabuchi, lui, il capodivisione, si sarebbe attirato una gravissima sconfitta sul suo proprio terreno. Ma ormai era inutile, i giochi erano fatti. Il suo comportamento di oggi, la sconfitta di domani lo avrebbero inesorabilmente costretto ad andare in pensione il più in fretta possibile. Ripensava allo sguardo pieno di odio di quell'impiegato dalla faccia spugnosa. Era lo sguardo di odio di una nuova generazione, la gioventù di oggi che avendo preso la sua fanatica decisione pensava a come far fuori tutti i cosiddetti «incerti». Guarda che cosa hai combinato, hai offeso un uomo vendicativo come Spittelberger, hai mandato in bestia l'impiegato spugnoso e i giovani come lui, e vedrai se questo non basterà a mandare tutto in malora. Leonida, che proprio quella mattina aveva ripensato con lieto stupore alle tappe della sua brillante carriera, ora a mezzogiorno e mezzo era disposto a rinunciarvi senza rimpianto e senza alzare un dito. Troppo grande era il mutamento che il resto di quella giornata pretendeva da lui. Troppo opprimente e cupa l'ora che aveva dinanzi, l'ora della confessione. Ma così era, non poteva farci nulla.

Salì lentamente le scale fino a raggiungere il piano di sopra. Alla sedia era appesa come sempre la sua morbida giacca da casa. Dopo essersi tolto il completo grigio andò in bagno dove si lavò con grande scrupolo la faccia e le mani. Poi rifece con spazzola e pettine la sua dritta e precisa scriminatura. Ma mentre si guardava allo specchio i capelli che aveva ancora folti, fu ad un tratto assalito da una stranissima sensazione. Provò pietà per se stesso proprio perché era così giovanilmente aggraziato, proprio perché portava così bene i suoi anni. La parzialità della natura che a cinquant'anni aveva condannato alla rovina quell'uomo che dormiva sulla panchina del parco di Schönbrunn mentre aveva gratificato lui di giovanile prestanza, quella parzialità che prima gli era parsa inspiegabile gli sembrava adesso assolutamente sprecata e priva di senso. Pur essendo in pieno possesso della sua morbida e folta capigliatura, delle sue rosee guance, Leonida era uscito di prepotenza dal giusto binario. Assai più coerente con i suoi sentimenti sarebbe stata, nello specchio, l'immagine di un uomo vecchio e sciupato. Così, invece, i ben noti amabili tratti mettevano in evidenza tutto ciò che era perduto, sebbene il sole splendesse ancora alto nel cielo...

Le mani dietro la schiena, Leonida girellò su e giù per le stanze. Quando giunse nello spogliatoio di Amelie si fermò titubante. Era una parte della casa dove metteva piede assai di rado. Il profumo che Amelie usava abitualmente gli si fece incontro con discrezione, una sorta di accusa sommessa che proprio per questo è ancora più efficace. Quel profumo aggiunse peso al suo cuore già aggravato. Altri odori, di capelli bruciacchiati e alcol denaturato aumentarono l'afflizione. Nella camera regnava ancora il leggero disordine lasciato da Amelie. Diverse paia di scarpette erano sparse tristemente qua e là. Il tavolo da toilette con le sue numerose bottigliette, flaconi di cristallo, ciotoline, scatole, barattolini, forbicine e limette non era stato riordinato. Come un'impronta lasciata su un cuscino da un corpo delicato, aleggiava nella stanza la presenza di Amelie. Sul secrétaire, accanto a libri, rotocalchi e riviste di moda, giacevano alla rinfusa e in bella vista mucchi di lettere aperte. Era davvero pazzesco, eppure in quel momento Leonida sperò ardentemente che Amelie gli avesse fatto un torto e che a lui fosse dato di provare un dolore folle a causa di una colpa che, svilendo la coscienza di lei, potesse restituirgli o quasi l'innocenza. Fece per la prima volta una cosa che aveva sempre esecrato. Si gettò avidamente sulle lettere aperte, frugò e rovistò eccitatissimo tra quelle carte fredde, lesse una riga qui, una frase là, afferrò ogni foglio vergato da una calligrafia maschile, cercò affannosamente prove dell'infedeltà di Amelie, si trasformò insomma, incredibile a dirsi, nel cercatore della propria vergogna. Non era impensabile, in effetti, che Amelie gli fosse rimasta fedele per tanti anni, per vent'anni di seguito, essendo lui un pusillanime, un vanaglorioso, un bugiardo impenitente, uno che teneva celati gli affanni della sua gioventù da morto di fame sotto la vernice ormai scrostata di una falsa mondanità? Mai era riuscito a superare il divario fra sé e lei, quel divario voluto da Dio fra una donna nata Paradini e un uomo nato mangiatore di merda. Lui soltanto sapeva che la sua sicurezza, il suo comportamento disinvolto, la sua noncurante eleganza altro non erano in realtà che imitazioni, faticosi camuffamenti che neanche nel sonno si permetteva di abbandonare. Con il cuore che batteva per l'emozione cercò le lettere dell'uomo che riuscisse a fare di lui un cornuto. E trovò invece un'orgia di purezza e di innocenza da cui si sentì teneramente beffato. Aprì quindi con violenza i cassetti del delicato scrittoio. Un affettuoso caos di femminile smemoratezza si offrì alla sua vista. Tra brandelli di velluto e di seta, gioielli veri e falsi, anelli di galalite, guanti spaiati, cioccolatini pietrificati, biglietti da visita, fiori di stoffa, matite per labbra, scatole di medicinali, giacevano in mucchietti legati con spago e nastrini vecchi conti, documenti bancari, lettere, molte lettere che come quelle di prima sembravano sfotterlo e deriderlo. Alla fine gli capitò in mano una piccola agenda. Cominciò a sfogliarla. Violò senza pudore anche questo segreto. Fugaci annotazioni di Amelie in certi giorni: «Oggi di nuovo sola con León. Finalmente! Dio ti ringrazio!». «Dopo teatro una notte stupenda. Come in maggio quella volta, León delizioso». In quel libriccino era registrato con commovente puntiglio una specie di rendiconto bancario del loro amore. L'ultima annotazione prendeva diverse righe: «Mi sembra che dopo il compleanno León sia lievemente cambiato. Lo trovo piuttosto offensivo nella sua galanteria, condiscendente e distratta nello stesso tempo. È l'età pericolosa per gli uomini. Dovrò tenere gli occhi aperti. No! La mia fiducia in lui è incrollabile». – La parola «incrollabile» era sottolineata tre volte. Amelie aveva dunque fiducia in lui! Com'era candida, malgrado la gelosia! Le sue assurde e luride speranze-paure si rivelavano fallaci. Non c'era colpa di sua moglie che potesse alleggerire la sua. Al contrario, la fiducia di lei era un peso ulteriore, l'ultimo e il più opprimente che gli gravava sull'anima. Ma ben gli stava, se l'era meritato. Leonida si accasciò sulla sedia davanti allo scrittoio e fissò soprappensiero il dolce disordine che lui con tanta grossolanità aveva profanato e accresciuto.

Non balzò in piedi dallo spavento, anzi rimase a sedere quando entrò Amelie:

«Che cosa stai facendo?» domandò lei. Le ombre azzurrognole che aveva sotto gli occhi si erano accentuate. Leonida non mostrò neanche il minimo imbarazzo. Sono davvero un bugiardo matricolato, pensò, non esiste al mondo una sola situazione che sia in grado di confondermi. E volgendosi a lei con viso stanco: «Ho cercato qui da te qualche cosa per il mio mal di testa» disse. «Aspirina o Piramidone...».

«La scatola del Piramidone è lì, grande e grossa davanti a te...».

«Mio Dio, non l'avevo vista...».

«Sarà perché eri troppo occupato a leggere la mia corrispondenza... Caro mio, fintanto che una donna è sciamannata come me, è chiaro che non ha proprio niente da nascondere...».

«No, Amelie, so bene come sei fatta, ho in te una fiducia incrollabile...».

Leonida si alzò in piedi e fece per prenderle una mano. Ma lei indietreggiò di un passo e disse piuttosto risentita:

«Non è galante da parte di un uomo dichiararsi troppo sicuro di sua moglie...».

Leonida si premette i pugni contro le tempie. Il mal di testa che lì per lì si era inventato adesso tutt'a un tratto ce l'aveva davvero. Amelie ha qualcosa, incominciò a subodorare. Già stamattina aveva qualcosa. Nel frattempo le nubi sembrano essersi addensate. Se adesso mi fa una delle sue solite scenate, se mi irrita o mi offende, la confessione mi riuscirà più facile. Se invece sarà buona e affettuosa con me, non so proprio se avrò il coraggio... Al diavolo i *se* e i *ma*, bisogna assolutamente che le parli! Amelie si sfilò i guanti color viola pallido, si tolse di dosso il leggero mantello di Breitschwanz e poi senza dir nulla prese una pastiglia dalla scatola, andò in bagno e tornò con in mano un bicchier d'acqua. Ah, è buona con me. Peccato! E Amelie, sciogliendo il farmaco in un cucchiaino, gli domandò:

«Hai avuto dei fastidi, oggi?».

«Sì, ho avuto dei fastidi in ufficio».

«È stato per Spittelberger, non è vero? Me lo immagino benissimo».

«Su, Amelie, lasciamo stare...».

«Quel Vinzenz ha l'aspetto di un rospo incartapecorito prima della pioggia! Per non parlare del signor Skutecky, un maestrucolo di campagna di origine boema! È davvero incredibile il livello della nostra classe dirigente...».

«I principi e i conti di una volta avevano in effetti un aspetto migliore, ma governavano peggio di questi qua. Tu, Amelie, sei un'inguaribile esteta...».

«E tu, León, non devi arrabbiarti! Non ne hai bisogno. Non hai bisogno di accompagnarti a quella gente grossolana. Diglielo sul muso che...».

Portò il cucchiaio fino alla bocca di lui e gli offrì il bicchiere. Leonida si sentì tutto languido e molle per via di una tristezza improvvisa. Volle attirarla a sé. Lei piegò la testa da un lato. Lui si accorse che Amelie aveva passato come minimo due ore dal parrucchiere. La sua vaporosa capigliatura era ondulata alla perfezione e profumava come l'amore stesso. È una vera follia, che cosa ho a che fare io con il fantasma di Vera Wormser? Amelie lo guardò severamente negli occhi:

«D'ora in avanti, León, insisterò perché ogni giorno dopo mangiato tu faccia un riposino di un'ora. È inutile che ce lo nascondiamo, la tua è un'età pericolosa...».

Leonida si aggrappò alle parole di lei con l'idea che potessero essergli utili per la sua autodifesa:

«Hai ragione, tesoro... Sai, oggi mi sono reso conto che un uomo a cinquant'anni è già un vecchio...».

«Non dire idiozie» rispose lei ridendo con una certa asprezza. «Suppongo che mi sentirei molto meglio se tu diventassi finalmente un signore di mezza età, se la smettessi di fare l'eterno giovanotto, il campione riconosciuto di bellezza maschile che tutte le donne non fanno che ammirare...».

Suonò il gong, era ora di andare a tavola. Il pranzo si svolgeva nella sala grande al piano terra su un tavolino rotondo accostato alla finestra. Il tavolo di famiglia troneggiava imponente al centro della stanza con intorno le sue dodici sedie con lo schienale alto, ma era lì, vuoto e defunto, o meglio, morto senza aver mai vissuto. Leonida ed Amelie non formavano una famiglia. A causa della loro sterilità sembravano esiliati dal loro stesso tavolo di famiglia e relegati al tavolo dei bambini. Amelie sembrò sentire questo esilio con più forza oggi di quanto l'avesse sentito ieri, l'altro ieri, e tutti i giorni e gli anni passati. Disse infatti:

«Se non ti dispiace, da domani farei apparecchiare nel soggiorno di sopra...».

Leonida annuì distratto. Era proteso con tutti i suoi sensi verso le prime parole della imminente confessione. Un'idea pazzesca gli attraversò la mente come un lampo. E se nel corso di quella grande confessione, invece di mendicare il perdono, avesse preteso pari pari da Amelie che suo figlio venisse accolto in casa per abitare e mangiare alla loro tavola? Un figlio suo e di Vera qualche qualità doveva pur averla. E non avrebbe forse un gaio volto giovanile rischiarato tutta quanta la loro esistenza?

Fu servita la prima portata. Leonida si riempì il piatto, ma già dopo il terzo boccone depose la forchetta. Il cameriere non aveva neanche offerto la zuppiera ad Amelie, perché al suo posto le aveva portato una ciotola di listarelle di sedano crudo che aveva posato accanto al suo piatto. Anche per secondo Amelie ebbe soltanto una minuscola costoletta cotta ai ferri, senza alcun condimento né contorno. Leonida la guardò sbalordito:

«Sei malata, Amelie, non hai appetito?».

Lei gli restituì uno sguardo dal quale traspariva inconfondibile un'amarezza canzonatoria:

«Sto morendo di fame» disse.

«Certo non potrai saziarti con queste porzioni da passerotto» fece lui.

Amelie stuzzicò l'insalata verde che era stata preparata espressamente per lei senza olio né aceto, ma solo con qualche goccia di limone:

«Te ne accorgi adesso» domandò piccata «che io vivo come una santa in mezzo al deserto?».

Al che lui replicò con poche e malaccorte parole:

«E quale regno dei cieli conti di guadagnarti facendo questa vita?».

Amelie rispose con un gesto di disgusto allontanando bruscamente l'insalata:

«Un regno dei cieli decisamente ridicolo, mio caro. Perché tanto del mio aspetto tu te ne infischi... Per te non fa differenza che io sia una botte o una silfide...».

Leonida, di pessimo umore com'era, si impelagò sempre di più nella propria goffaggine e disse:

«Comunque tu sia, amore, a me va benissimo... Non devi pensare che io tenga tanto alla esteriorità. Non vorrei mai che tu vivessi come una santa per causa mia...».

Gli occhi di Amelie, che erano più vecchi di quanto fosse lei stessa, folgorarono Leonida con uno sguardo orribilmente irato e pieno di cattiveria:

«Ah, è chiaro, io sono ormai per te al di là del bene e del male. Non c'è niente che a tuo parere io possa fare per migliorarmi. Non sono altro che una vecchia ciabatta che tu ti porti appresso per abitudine. Una vecchia ciabatta che ha comunque sul piano pratico i suoi lati positivi...».

«Per l'amor del cielo, Amelie, cerca di riflettere prima di parlare...».

Amelie non aveva nessuna intenzione di riflettere prima di parlare, e infatti sbottò:

«E io che sono stata così oca da rallegrarmi, quasi, quando poco fa ti ho sorpreso a rovistare ignobilmente fra le mie lettere... Dunque in fondo è geloso, ho pensato... e invece no, neanche per sogno... probabilmente ti incuriosivano cose più concrete e di maggior valore delle lettere d'amore, perché il tuo aspetto era talmente equivoco che io mi sono spaventata... sembravi proprio un malfattore, un truffatore travestito da gentiluomo, un seduttore di cameriere in libera uscita...».

«Ti ringrazio» disse Leonida abbassando gli occhi sul piatto. Ma Amelie non riuscì più a controllarsi e scoppiò in forti singhiozzi. Ci siamo, ecco la scenata. È veramente indegna e priva di senso. Mai prima d'ora Amelie aveva espresso un simile sospetto materiale contro di me. E io che ho sempre insistito sulla più rigorosa separazione dei beni, io che esco dalla stanza ogni volta che lei riceve i suoi legali e banchieri di fiducia. Eppure sì, ha sbagliato ma ha colpito nel segno lo stesso. Seduttore di cameriere in libera uscita. La sua rabbia non mi rende certo più facili le cose. Non ho nessuna possibilità di incominciare...

Straziato si alzò in piedi e, avvicinandosi ad Amelie, le prese una mano:

«Le sciocchezze che hai blaterato faccio finta di non averle neanche sentite, questa orrenda mania delle calorie ti fa ammalare, ti fa saltare i nervi... su, Amelie, cerca di controllarti... non vorremo dar spettacolo davanti alla servitù...».

Questo avvertimento fece tornare in sé Amelie. Il cameriere poteva in effetti entrare nella stanza da un momento all'altro:

«Perdonami, León, te ne prego» balbettò lei continuando a singhiozzare. «Sto malissimo, oggi, sarà il tempo, il parrucchiere, e poi...».

Era di nuovo in pieno possesso delle sue facoltà, premette il fazzoletto contro gli occhi e strinse forte i denti. Il cameriere, un uomo piuttosto anziano, servì il caffè, portò via i piattini per la frutta e le coppette lavadita, e sembrò non essersi accorto di niente. Continuò per un bel po' ad armeggiare nella sala con aria seria e indifferente. I coniugi intanto tacevano. Quando furono di nuovo soli, Leonida domandò disinvolto: «Hai per caso un motivo preciso per essere così sospettosa nei miei confronti?».

Mentre poneva questa domanda con animo ansioso e impaziente, Leonida aveva la sensazione di aver gettato una passerella sopra un abisso tenebroso. Amelie lo guardò disperata con gli occhi rossi di pianto:

«Sì, León, un motivo preciso ce l'ho...».

«E si può sapere qual è questo motivo?».

«Lo so benissimo che tu non mi sopporti quando ti interrogo. Perciò lasciami stare! Può darsi che riesca a farmela passare...».

«Ma potrei essere io a non riuscire a farmela passare» disse lui con voce sommessa ma sottolineando ogni singola parola. Lei lottò ancora con se stessa per un bel po', poi, chinando la fronte disse:

«Stamattina hai ricevuto una lettera...».

«Stamattina di lettere ne ho ricevute undici...».

«Ma una di esse l'ha scritta una donna... Con una calligrafia femminile così falsa e contraffatta che...».

«Trovi davvero che questa calligrafia sia contraffatta?» disse Leonida mentre con ostentata lentezza tirava fuori il suo portafoglio e ne estraeva il *corpus delicti.* Allontanando la sua sedia dal tavolo e avvicinandola un poco alla finestra, egli lasciò cadere la luce piovosa sulla lettera di Vera. Nella stanza, si librava silenziosa la bilancia del destino. Come tutto procede secondo proprie vie! Non bisogna preoccuparsi. Non bisogna inventare nulla. Tanto, tutto sarà diverso, e comunque verrà da sé. Il nostro avvenire dipenderà dal fatto che lei sappia o no leggere tra le righe. Trasformandosi ad un tratto in un freddo osservatore, Leonida allungò il braccio e porse ad Amelie il foglio sottile.

Lei lo prese, lo lesse. Lesse a mezza voce:

«Egregio signor capodivisione!». Già a queste prime parole dell'apostrofe si disegnò un rilassamento dei tratti di Amelie di una forza espressiva che Leonida non aveva mai percepito sul volto di sua moglie. Amelie trasse un profondo, udibile respiro di sollievo. Poi continuò a leggere con voce sempre più alta:

«Oggi sono costretta a rivolgermi a Lei con una preghiera. Non si tratta di me, ma di un giovane di talento...».

Un giovane di talento. Amelie posò il foglio sul tavolo senza continuare la lettura. Ricominciò a singhiozzare. Si mise a ridere. Rise e singhiozzò insieme. Ma poi il riso prevalse e invase il suo volto come un guizzo.

Di colpo si alzò in piedi, si precipitò su Leonida, si accucciò ai suoi piedi, posò il capo sulle sue ginocchia, insomma fece i tipici gesti delle sue ore di dedizione incondizionata. Ma essendo una donna alta e con le gambe lunghe, questi suoi gesti di veemente remissività avevano sempre fatto un po' paura a Leonida, quando addirittura non lo sconvolgevano.

«Se tu fossi un uomo primitivo» balbettò lei «dovresti picchiarmi, adesso, o strangolarmi, o farmi chissà che cosa, perché io ti ho odiato, tesoro mio, ti ho odiato come mai ho odiato qualcuno in tutta la mia vita. Non dire niente, per l'amor del cielo, lascia che mi confessi...».

Lui non disse una sola parola. Lasciò che lei gli confessasse tutto. Guardava con occhi sbarrati i suoi biondi capelli così morbidi e ben pettinati. Lei, invece, senza alzare lo sguardo neppure una volta, parlava con grande concitazione e come rivolgendosi al centro della terra:

«Quando una è seduta dal parrucchiere per ore e ore, la testa sotto il casco di metallo cromato, un ronzio ininterrotto nelle orecchie, l'aria sempre più calda, ogni capello che grida dal nervoso fino alla radice, e questo va sopportato per via della messa in piega, perché stasera c'è l'Opera, e con questo tempo i capelli tendono a gonfiarsi... Ho guardato le illustrazioni di "Vogue" e di "Jardin des Modes" senza vederne davvero neanche una, solo per non impazzire perché, come sai, ero convinta, incredibilmente convinta che tu fossi un impostore, uno che passa la vita a ingannare e imbrogliare, insomma, come ho già detto, una specie di seduttore di cameriere in libera uscita, pronto a svignarsela in quattro e quattr'otto come un'anguilla scivolosa, è da più di vent'anni che mi abbindoli con continue "simulazioni", pensavo, non è così che si chiamano in tribunale? Perché dal giorno del nostro fidanzamento non hai fatto che simulare, e a me c'è voluta una vita, e ho perso la gioventù prima di capire che hai un'amante, una donna in loco di nome Vera Wormser, perché ho visto la sua lettera pochi minuti prima che tu scendessi per la prima colazione, ed è stata una specie di tremenda illuminazione, e ho dovuto chiamare a raccolta tutte le mie forze per non rubarla, quella lettera, ma tanto non sarebbe servito, perché grazie a quella illuminazione mi è stato chiaro come il sole che tu sei un uomo da doppia vita, sono cose che si vedono al cinema, e che voi due avete in comune una casa, un ménage idilliaco tu e Vera Wormser in loco, perché io che ne so di quel che fai tu nelle ore di ufficio e durante tutte quelle conferenze fino a notte fonda, e insieme avete anche dei figli, due, o forse addirittura tre... E ho visto anche la casa, parola mia, a Döbling, mi sembra, vicino al parco Kugler o al parco Wertheimstein, in modo che i bambini possano sempre respirare aria buona, e in questa confortevole casetta che tu hai arredato per quella donna io ci sono perfino entrata ritrovando in essa diverse piccolezze che avevo perso, e ho visto anche i tuoi bambini, davvero, tre, tre piccoli orribili bastardi che ti saltellavano intorno chiamandoti "zio", o qualche volta sfacciatamente "papà", e tu gli sentivi le lezioni, e il più piccolo si arrampicava addosso a te perché tu eri proprio uno di quei babbi felici di cui si legge nei libri di scuola. E tutto questo ho vissuto, tutto questo ho tollerato nella mia testa imprigionata sotto il casco della permanente, e non potevo assolutamente andar via, anzi dovevo rispondere gentilmente al viscido padrone di quel negozio che veniva da me per intrattenermi, il suo aspetto, signora, è davvero magnifico oggi, la signora interverrà certamente alla festa in costume di Schönbrunn, dovrebbe essere lei la giovane imperatrice Maria Teresa, lei dovrebbe apparire in crinolina e con una grande parrucca bianca, perché non c'è dama dell'alta aristocrazia che possa reggere il confronto con lei, il signor capodivisione andrà in visibilio – e io non potevo dirgli che non ho nessuna voglia di mandare in visibilio il signor capodivisione perché lui è un disgraziato e un babbo felice a Döbling... No, non dire niente, lascia che mi confessi fino in fondo perché il peggio deve ancora venire. Non soltanto ti ho odiato, León, ho anche avuto una paura tremenda di te. La tua doppia vita era davanti ai miei occhi, come e perché non sono in grado di dirtelo, León, ma ad un tratto ero sicura, sicura in un modo incredibile e di cui ora non riesco a farmi una ragione, che tu mi avresti ammazzata perché dovevi in ogni caso liberarti di me, lei, Vera Wormser, non potevi ammazzarla perché è la madre dei tuoi figli, questo lo capirebbe chiunque, mentre io sono legata a te soltanto da un certificato di matrimonio, da un pezzo di carta e nient'altro, e dunque tu mi ammazzerai, e lo farai con la massima accortezza, lentamente, con un veleno che mi sarà somministrato a piccole dosi quotidiane, preferibilmente nell'insalata, goccia a goccia, come sappiamo era uso nel Rinascimento, presso i

Borgia e compagnia. Non ci si accorge quasi di niente, ma si diventa più anemici e clorotici ogni giorno che passa, fino a quando si arriva alla fine. León, te lo giuro, mi sono vista che giacevo nella bara da te splendidamente composta, così giovane, così incantevole, coi capelli ondulati da poco, in bianco, con un morbido abito plissettato in crêpe de Chine, e non devi credere che la mia sia una battuta, che io parli per fare dello spirito, il cuore mi si è davvero spezzato quando troppo tardi e già da morta ho capito che il mio amato bene, l'uomo nel quale ho creduto con tutta l'anima non è altro che un perfido assassino. Poi sono venuti tutti, com'è naturale, i ministri e il capo dello Stato e le massime autorità e i corifei della nostra società sono tutti venuti per esprimerti il loro cordoglio, e il tuo atteggiamento è stato atrocemente impeccabile, perché eri in frac, come la prima volta che ci siamo incontrati, ricordi, León, fu al ballo della facoltà di legge, e poi, lentamente, tu ti sei mosso dietro la mia bara accanto al capo dello Stato, non era un semplice camminare, il tuo, era un incedere, e con un cenno della mano hai salutato Vera Wormser che con i suoi bambini assisteva alla scena da un palco d'onore... Così, prova a figurartelo, León, con queste immagini in testa sono arrivata a casa, dove ti trovo davanti alle mie lettere, ciò che in questi vent'anni non era mai successo. Non ho creduto ai miei occhi, e questo non era più un arzigogolo della mia mente perché tu in effetti non eri tu ma un perfetto estraneo, l'uomo con la doppia vita, lo sposo dell'altra, l'impostore travestito da gentleman che si crede inosservato. Non so se tu potrai perdonarmi, ma il fatto è che in quel momento mi sono sentita come folgorata: Non vuole nient'altro, quest'uomo, che impadronirsi delle mie sostanze quando sarò morta. Sì, León, questo sembravi lassù, davanti al mio scrittoio con il cassetto aperto, niente di meno che un falsario di testamenti, un arraffa eredità colto in flagrante. E dire che a tutt'oggi non ho neppure mai pensato a fare testamento. E tutto in ogni caso apparterrà a te. Taci! Lasciami parlare, lascia che ti dica tutto! Poi dovrai punirmi come il più severo dei confessori. Mi infliggerai una tremenda penitenza! Va' pure subito, per esempio, a trovare da solo Anita Hojos, quella che è innamorata di te e che tu ti mangi con gli occhi. Io ti aspetterò pazientemente a casa e non ti seccherò perché, come è ovvio, so bene che tu non hai nessuna colpa per le atroci congetture di questa mattina, la colpa è solamente mia e della lettera di questa innocente signora Wormser, la quale ha comunque una calligrafia antipatica. Il più contorto e lambiccato degli uomini non potrebbe mai sognare – ma no, non trovo la parola giusta, sognare non rende l'idea – come una donna sotto il casco del parrucchiere. E dire che non sono un'isterica e che, tu stesso ne eri convinto un tempo, sono piuttosto intelligente. Devi capirmi, León, lo sapevo che non sei capace di avere una doppia vita e che il denaro non ti ha mai interessato e che sei l'uomo più nobile della terra, un educatore universalmente stimato al quale il mondo intero rende onore, e che comunque sei di gran lunga superiore a me. Ma nello stesso tempo sapevo anche che sei il più scaltro degli imbroglioni, e il mio dolce assassino, il mio amato avvelenatore. Credimi, non era gelosia, è stato come qualcosa che mi venisse da fuori, una specie di ispirazione. E allora sono andata a prenderti un bicchiere d'acqua e con queste stesse mani ho dato al mio assassino, perché la ingoiasse, una pastiglia di Piramidone, e il mio cuore sanguinava d'amore e d'orrore, León, nel momento in cui anch'io mi ci sono provata... Ecco, ti ho detto tutto, ho confessato ogni cosa. Quello che oggi è accaduto dentro di me non riesco a capirlo. Sei forse in grado di spiegarmelo tu?».

Senza alzare lo sguardo, senza un'interruzione né un punto fermo, e sempre come fissando il centro della terra, Amelie aveva reso così la sua concitata confessione, interrompendo quella solfa soltanto qualche volta per bruciante vergogna o per un guizzo di ironia. Mai Leonida aveva assistito a un simile autosvelamento né aveva neanche alla lontana immaginato che quella donna ne fosse capace. Adesso lei premeva il viso contro le ginocchia di lui, e le sue lacrime scorrevano liberamente. Attraverso la stoffa sottile dei pantaloni Leonida cominciò a sentire quel tiepido bagnato. Era sgradevole ma anche assai commovente. Hai ragione, bimba mia! È stata una vera illuminazione quella che hai avuto stamattina e che per tante ore non ti ha abbandonato. La lettera di Vera ti ha ispirato. Sbattendo le ali come una farfalla, hai volato vicinissimo alla fiamma della verità. Non posso spiegartela io la tua perspicacia. Perché in tal caso dovrei finalmente parlarti a cuore aperto. Dovrei cioè incominciare così: Hai ragione, bimba mia! Per strano che possa sembrare, hai avuto una giusta ispirazione... Ma come posso parlare adesso in questo modo? Come potrebbe parlare così anche un uomo con un carattere ben più forte del mio?

«Davvero non è carino da parte tua» disse a voce alta Leonida «avere almanaccato tutte queste cose contro di me, spinta dalla tua annosa gelosia. Ma in quanto pedagogo e per ragioni d'ufficio io ho ormai acquisito una certa conoscenza dell'animo umano. Già da tempo mi rendo conto che sei molto irritabile. Sono ormai vent'anni che viviamo uno accanto all'altra, e soltanto una volta ci è toccato sopportare una separazione piuttosto lunga. È inevitabile perciò che subentrino dei momenti di crisi, oggi per uno domani per l'altro. È stato da parte tua un atto di immensa moralità avere confidato proprio a me gli oltraggiosi pensieri che alimenti nel tuo inconscio. Ti invidio per questa confessione. Pensa che ho addirittura quasi dimenticato l'assassino, l'avvelenatore, il falsario di testamenti...».

E così via con la chiacchiera bugiarda. Non ho scordato nulla. Seduttore di cameriere in libera uscita, in questo ha proprio ragione. – Amelie sollevò il viso che aveva ora un'espressione luminosa e trepidante:

«Non è buffo che uno si senta così incredibilmente felice non appena ha confessato e ottenuto l'assoluzione? Ad un tratto tutto è finito, passato...».

Stremato, Leonida distolse lo sguardo mentre con la mano accarezzava lievemente i capelli di Amelie:

«Certo, capisco che sia un'immensa liberazione confessarsi dal profondo del cuore. E dire che non hai commesso la benché minima colpa...».

Amelie si adombrò. Tutt'a un tratto lanciò a Leonida un'occhiata fredda e indagatrice:

«Perché sei così tremendamente buono, così saggio, equanime, distante, una specie di purissimo monaco tibetano? Non sarebbe più nobile da parte tua restituirmi la partita e confessare a tua volta qualche grave peccato?...».

Certo che sarebbe più nobile, pensò lui, e il silenzio diventò profondissimo. Dalla sua bocca però uscì solamente un borbottio irresoluto. Amelie si era alzata in piedi. Con cura si incipriò le guance e si truccò le labbra. Era il tipico gesto che nella vita delle donne mette fine a un violento battibecco. Ancora una volta sfiorò con lo sguardo la lettera di Vera, la supplica innocua che giaceva sul tavolo.

«Non prendertela, León,» disse con voce esitante

«ma c'è una cosa che ancora mi disturba... Perché fra tutta la posta che hai ricevuto stamane tieni nel portafoglio proprio la lettera di questa persona che ti è completamente estranea?».

«Questa signora non è un'estranea per me,» rispose lui seccamente «è anzi una mia vecchia conoscenza. Sono stato assunto come precettore in casa di suo padre nell'epoca più triste della mia vita...».

E con gesto deciso, anzi cattivo, prese il foglio dal tavolo e lo ripose nel portafoglio.

«Allora dovresti fare qualcosa per quel suo giovanotto di così grande talento» disse Amelie, e i suoi occhi d'aprile si colmarono di un'assorta tenerezza.

VI
VERA APPARE E SCOMPARE

Subito dopo pranzo Leonida lasciò la sua casa e andò in macchina al Ministero. Ora era lì, seduto alla scrivania, la testa fra le mani, e attraverso le alte finestre guardava lontano, oltre gli alberi del Volksgarten che avvolti da un piovigginoso vapore madreperlaceo svettavano nel cielo d'ovatta. Stupore e ammirazione per Amelie gli riempivano il cuore. Le donne che amano hanno un sesto senso. Il loro intuito è sicuro come quello di animali selvaggi che fiutano il nemico. Possiedono virtù divinatorie che riguardano le colpe maschili. Amelie aveva indovinato tutto, sia pure, com'era suo costume, esagerandolo, distorcendolo, e interpretandolo in maniera sbagliata. Veniva quasi il sospetto che una inspiegabile congiura ci fosse stata fra le due donne, una incarnatasi nella scrittura femminile azzurro pallido, l'altra a cui era bastato vedere per un attimo questa scrittura per sentirsi colpita al cuore. Nelle poche righe dell'intestazione e dell'indirizzo Vera aveva bisbigliato all'altra la verità, una verità che Amelie avrebbe poi necessariamente percepito come illuminazione improvvisa venuta dal nulla. Quale grande incongruità che questa preveggenza fosse miseramente crollata davanti al semplice testo di quella lettera. Anche perché lei, ignara e presaga nello stesso tempo, proprio a quel testo aveva strappato la maschera. «Seduttore di cameriere in libera uscita!». Non si era lui stesso definito oggi come un largitore di illusioni matrimoniali? E non lo era veramente un illusionista nel significato più criminale della parola? Amelie poteva leggerglielo in faccia. Eppure poco prima egli aveva osservato questo viso allo specchio e in esso non aveva scoperto alcunché di volgare, ma anzi un'espressione di bella signorilità che gli aveva suscitato uno strano senso di autocommiserazione. E poi, com'era successo che senza bisogno di far nulla il suo proposito era stato sovvertito, tramutato nel contrario, e non lui, ma lei aveva confessato? Quella confessione era stata una grande, immeritata prova d'amore. Mai in vita sua Leonida aveva posseduto il coraggio di Amelie, quel radicale e impudico coraggio nel cercare la verità. Ciò derivava presumibilmente dall'origine sociale più modesta, e dall'antica povertà. La sua giovinezza era stata piena di timori, di volontà di ascesa, di trepida sopravvalutazione delle classi più elevate. Tutto aveva dovuto imparare con spasmodica determinazione, come si entra in un salotto con passo rilassato, come si chiacchiera del più e del meno con sovrana disinvoltura (per il puro gusto della conversazione), come ci si comporta liberamente a tavola, la giusta misura nel «rendere» e «accogliere» gli omaggi altrui, tutte le squisite e raffinate virtù, insomma, che possiedono dalla nascita quelli che appartengono alla casta dei signori. Il cinquantenne Leonida veniva da un mondo in cui erano ancora forti le differenze e le tensioni sociali. L'energia che la gioventù di oggi spende nello sport lui aveva dovuto profonderla in un particolare esercizio atletico teso a superare la timidezza e a riequilibrare un pervicace sentimento di inferiorità. Oh, che esperienza indimenticabile era stato quel giorno guardarsi allo specchio che per la prima volta gli aveva restituito l'immagine di un vincitore con addosso il frac del suicida! Sebbene avesse perfettamente assimilato le arti della sottigliezza e della naturalezza e anzi, magari inconsciamente, le esercitasse da decenni, Leonida era pur sempre e soltanto quel che i Romani chiamavano un «liberto». E un liberto non possiede la spinta naturale alla verità che può avere una donna nata Paradini, né la sua stessa temeraria superiorità su ogni forma di pudore. Amelie aveva visto fra l'altro nel liberto Leonida una colpa più abissale di quella che lui stesso era disposto a riconoscere. E non a caso egli temeva perciò, qualora avesse ammesso di aver avuto un figlio con Vera, la collera e la vendetta di Amelie. Temeva che lei avrebbe subito avviato il processo di separazione. Ma più ancora di qualsiasi altra cosa temeva la perdita della ricchezza di cui profittava e godeva con tanta nonchalance. Lui, il nobile individuo che «non dà importanza al denaro», l'alto funzionario, l'educatore del popolo, lui sapeva adesso che non avrebbe mai potuto sopportare le limitatezze e le costrizioni a cui si sottoponevano i suoi colleghi, la loro lotta quotidiana contro bisogni ed esigenze legati a una vita migliore. Era troppo viziato dal denaro e dalla piacevole abitudine di non doversi mai privare di nulla, neppure del più sommesso moto di desiderio. Adesso capiva, eccome se capiva, come mai tra i suoi colleghi ce n'erano molti che ogni tanto cedevano alla tentazione di accettare una bustarella pur di dare una gioia alle loro avide consorti. Chinò la testa sulla cartella da scrivania. Si sentì ardere dal desiderio di essere un monaco appartenente a un severissimo ordine religioso...

Leonida si rinfrancò. «È inutile cincischiare, devo farlo e basta» disse ad alta voce sospirando forte. Prese un foglio e cominciò a buttar giù un promemoria per il ministro Vinzenz Spittelberger nel quale cercò di esporre con validi argomenti la ineludibile necessità per lo Stato di affidare la cattedra vacante di medicina interna, nonché la clinica corrispondente, al professore straordinario Alexander Bloch. Se qualcuno gli avesse chiesto come mai si era incaponito sulla nomina di Bloch al punto da esser disposto a provocare su quel tema una prova di forza decisiva, lui stesso non avrebbe saputo che cosa rispondere. Ma dopo aver scritto meno di dieci righe, posò la penna e suonò al suo segretario:

«Abbia la bontà, amico mio, di chiamare il Parkhotel di Hietzing e di far avvertire la dottoressa Vera Wormser, non so se signora o signorina, che andrò personalmente a farle visita oggi pomeriggio intorno alle quattro...».

Come sempre nei suoi momenti di nervosismo, Leonida aveva parlato con voce atona e appannata. Il segretario gli mise davanti un foglietto bianco:

«Posso pregarla, signor capodivisione, di scrivermi qui il nome della signora?» disse. Leonida lo fissò con occhi sbarrati per mezzo minuto, ficcò il promemoria nella cartella, sistemò alcuni oggetti sulla scrivania con le movenze di chi si sta congedando, e alzandosi in piedi:

«No, la ringrazio!» disse «Non ha importanza, ormai. Sto andando via».

Il segretario ritenne suo dovere rammentargli che il signor ministro era atteso intorno alle cinque. Leonida, che giusto in quel momento stava prendendo cappotto e cappello dall'attaccapanni, non sembrò minimamente impressionato dalla notizia:

«Se il ministro chiede di me, non gli dica nulla, si limiti a comunicargli che me ne sono andato...».

Detto questo, passò davanti al giovane segretario e lasciò l'ufficio col suo bel passo elastico.

Tra le ponderate abitudini del capodivisione c'era anche quella di non fermarsi mai con la sua grossa automobile davanti al portone del Ministero, e semmai, le rare volte in cui la usava, di scendere prima, già nella Herrengasse. Più che temere l'invidia dei colleghi, egli sentiva che (soprattutto nei giorni lavorativi) sarebbe stata da parte sua una «mancanza di tatto» esibire la sua fortunata condizione economica e varcare in maniera troppo vistosa i limiti spartani della vita impiegatizia. I ministri, i politici, gli attori del cinema potevano tranquillamente pavoneggiarsi nelle loro scintillanti *limousines* perché altro non erano che creature della pubblicità. Un capodivisione invece (pur essendogli concessa la massima eleganza) aveva il dovere di mettere in mostra una certa parsimonia e sobrietà. Proprio la sottolineatura di questa sobrietà era forse una forma estrema di umana arroganza e intolleranza. Quante volte, sia pure con la dovuta cautela, Leonida aveva cercato di persuadere Amelie che il suo gaio e inesauribile sfoggio di vestiti e gioielli mal si confaceva con la posizione che lui occupava nella società. Prediche inutili! Amelie gli rideva in faccia. In ciò consisteva uno dei conflitti esistenziali che spesso lasciavano Leonida confuso, smarrito... Stavolta prese il tram, che lo lasciò nei pressi del castello di Schönbrunn.

Già da un'ora la pioggia era diminuita e adesso era cessata del tutto. Ma si trattava solo di una specie di pausa, di un momento di sospensione, fosco buco indolore fra due accessi di una malattia. Floscio e bagnato, pendeva a mezz'asta il giorno nuvoloso, e ognuno di quei lunghissimi minuti sembrava domandare: A quanto pare siamo arrivati fin qui, ma adesso che succede? In tutte le fibre Leonida percepiva il mutamento decisivo che il mondo aveva dovuto subire a partire dalla mattina. Ma non comprese con chiarezza la causa di questo mutamento fino a quando non provò ad affrettare il passo attraversando il largo viale fiancheggiato da platani che correva lungo le alte mura del castello. Sotto i suoi piedi oscillava, quanto mai infido, uno spesso, turgido tappeto di fronde cadute. Le foglie dei platani, che improvvisamente avevano perso colore, si erano così gonfiate corporalmente e schioccavano a ogni passo in modo tale che si sarebbe potuto pensare che una pioggia di rospi si fosse rovesciata dal cielo sulla terra. In poche ore gli alberi si erano spogliati di più della metà del loro fogliame che era caduto a terra sventolando, mentre ciò che di esso restava pendeva lasco dai rami. La giornata di oggi, che in un eccesso di giovanilismo era iniziata come mattino d'aprile, finiva ad un tratto, in un eccesso di decrepitezza, come sera di novembre.

Nel negozio di fiori al successivo angolo della strada Leonida tentennò più del dovuto tra rose bianche e rose rosso sangue. Si decise alla fine per diciotto rose di lungo stelo e color giallo tenue, attratto dal loro dolce profumo che sapeva lievemente di marcio. Quando poi nella hall dell'albergo si fece annunciare presso la dottoressa Wormser, rimase ad un tratto atterrito dal numero «diciotto», numero rivelatore che aveva scelto del tutto inconsciamente. Diciotto anni! In quello stesso istante gli vennero in mente altre rose, il mazzo infausto che tanto tempo addietro, da ridicolo spasimante della piccola Vera, aveva portato con sé a casa di lei senza trovare il coraggio di offrirglielo. Adesso aveva l'impressione che fossero anche allora rose tea di un tenue giallino con un profumo identico a questo, dolce, rotondo, come il bouquet di un vino paradisiaco di cui sulla terra non c'è l'uguale.

«Madame prega il signor capodivisione di aspettarla qui» disse il portiere con deferenza e lo accompagnò in uno dei salotti al piano terra. È inutile che me la prenda, dal salotto di un albergo non ci si può aspettare niente di meglio, si disse Leonida al quale quell'ambiente in penombra è il modo in cui era arredato diedero insolitamente sui nervi. È un orrore che uno debba rivedere l'amore della sua vita nell'intimità aperta al pubblico di questo squallidissimo soggiorno, qualsiasi bar o caffè, compresi quelli più rumorosi e affollati, sarebbe stato meglio. Che Vera fosse stata «l'amore della sua vita» era un fatto di cui adesso Leonida aveva un'assoluta se pur immotivata certezza.

La stanza era piena zeppa di mobili pesantissimi che si innalzavano come arcigne fortezze in rappresentanza di qualcosa che s'era perso chissà dove. Il tutto faceva pensare a un'asta abbandonata dal suo banditore nella quale si fossero rintanati per un'oretta o due alcuni occasionali clienti che si aggiravano da quelle parti. C'era di tutto, sedie e poltrone con sontuose guarnizioni, armadi giapponesi, cariatidi portalampade, un braciere orientale, cassoni e cassapanche intagliate, sgabelli di ogni genere e tipo, eccetera eccetera. Alla parete era addossato un grande pianoforte a coda pudicamente velato. La coperta di felpa che lo avvolgeva tutto e arrivava fino a terra era nera, sicché esso assomigliava a un catafalco per musica morta. Quella specie di coltre funebre era ulteriormente appesantita da ogni sorta di oggetti in bronzo e marmo, allineati anch'essi come per la vendita: un sileno ubriaco che teneva in equilibrio una coppa per biglietti da visita, un'agile ballerina priva di ogni intuibile destinazione pratica, un pomposo completo di carta e calamaio che per grandezza e gravità sembrava destinato alla firma di un trattato di pace o a qualcosa di ancora più importante e che sembrava avere qui il compito precipuo di impedire la fuoriuscita della musica, morta o similmorta che fosse. Leonida concepì il sospetto che quel pianoforte fosse stato sventrato e altro non fosse che la dignitosa imitazione di un pianoforte, perché la direzione dell'albergo, pensava, avrebbe certo utilizzato uno strumento vivo per il quotidiano tè danzante pomeridiano del quale, fuori di lì, già si cominciavano a sentire i preparativi. Di vivo in quella stanza c'erano soltanto due tavolini da gioco aperti su cui ancora giacevano le carte da bridge, immagine di piacevole distrazione e imperturbata serenità psichica che attirava di continuo gli sguardi di invidia di Leonida. Il quale, com'è ovvio, era un maestro di questo gioco...

Poiché camminava ininterrottamente su e giù per la stanza, era costretto a serpeggiare fra promontori spigolosi di tavoli e mobili. Continuava a tenere in mano il mazzo di rose avvolte nella carta velina malgrado sentisse che i delicati boccioli cominciavano a fiaccarsi al contatto del suo corpo caldo. Il loro tenue profumo lo accompagnava su e giù e gli faceva bene. Durante quel regolare andirivieni stabilì con certezza: Mi batte forte il cuore. Non ricordo più quando l'ho sentito battere così forte. Questa attesa mi mette in agitazione. E poi ancora: Non ho in mente un solo pensiero. Questa attesa mi riempie completamente. Non so con chiarezza come incomincerò. Non so neppure come devo rivolgermi a Vera. – E infine: Mi fa aspettare troppo a lungo. Nemmeno un ministro mi farebbe aspettare così a lungo. Saranno almeno venti minuti che corro avanti e indietro in questo orrendo salotto. Non voglio assolutamente guardare l'orologio perché non voglio sapere da quanto tempo sto aspettando. Naturalmente Vera ha il sacrosanto diritto di farmi aspettare per tutto il tempo che le sembra giusto. Sarebbe in ogni caso un minuscolo castigo. Non posso, non oso immaginare come lei mi aspettò allora, a Heidelberg, per settimane, per mesi, per anni... Non la smetteva più di camminare tutt'intorno in quel salotto. Nella hall cominciò a rumoreggiare la musica da ballo. Leonida trasalì: Ci mancava anche questa! La cosa migliore sarebbe che lei non venisse affatto! Io sono disposto ad aspettare tranquillamente un'ora, anche due, per poi andarmene senza dire una parola. Almeno avrei fatto il mio dovere e non avrei più niente da rimproverarmi. Speriamo che non venga. È probabile che anche per lei sia un fastidio non da poco dovermi rivedere. Io mi sento come prima di un esame severissimo, o addirittura di un'operazione... Ecco, adesso è certamente passata mezz'ora. Suppongo che lei abbia lasciato l'albergo per non incontrarmi. Be', aspetterò che sia passata un'ora. Questo jazz, fra l'altro, non è affatto così disturbante. Sembra che il tempo passi più in fretta. Inoltre si sta facendo buio...

Nell'atrio era in corso il terzo ballo quando apparve ad un tratto nel salotto la minuta e graziosa signora:

«Ho dovuto farla aspettare un poco» disse Vera Wormser senza dare a questa frase il fondamento di una qualsiasi giustificazione, e gli tese la mano. Leonida baciò quella mano così fragile nel guanto nero, inalberò il suo sorriso entusiasta e beffardo e, bilanciandosi sulla punta dei piedi:

«Ma prego, s'immagini,» disse con voce nasale «non ha nessuna importanza... oggi mi son tenuto appositamente...» e aggiunse esitando: «Signora gentilissima...».

Così dicendo le porse il mazzo ancora avvolto nella carta. Con gesto pacato lei liberò le rose tea. Lo fece con attenzione, senza affrettarsi. Poi si guardò intorno in quella orribile stanza sconosciuta alla ricerca di un contenitore, quasi subito trovò un vaso, una brocca d'acqua potabile su un tavolino da gioco, la riempì con cautela mettendovi dentro le rose una dopo l'altra. Il giallo fiammeggiò nel crepuscolo. La donna non disse una parola. Quel lavoretto sembrava tenerla totalmente occupata. I movimenti erano raccolti, venivano da dentro, come accade di solito alle persone miopi. Portò il vaso con le tenere rose accanto alla finestra dove c'era una poltrona riccamente tappezzata, lo posò sul tavolino rotondo e poi si lasciò cadere, voltando le spalle alla luce, nell'angolo di un sofà. Anche Leonida si sedette, non senza aver prima chiesto il permesso di farlo con una riverenza (da studentello universitario) piuttosto assurda. Sfortunatamente in quella giornata, che ormai volgeva alla fine, il riflesso della nebbia sulla finestra lo accecava.

«La signora desiderava...» incominciò con un tono di cui lui stesso ebbe ribrezzo «solo stamattina ho ricevuto la lettera e sono subito... ho subito... Non c'è bisogno che le dica che sono a sua completa disposizione...».

Dall'angolo del sofà la risposta non arrivò che dopo qualche istante. La voce era rimasta chiara e infantile, e sembrava avere ancora quel suo tipico tono distaccato:

«Non avrebbe dovuto disturbarsi personalmente, signor capodivisione,» disse Vera Wormser «non era questo che mi aspettavo... Sarebbe bastata una telefonata...».

Leonida fece un gesto con la mano che era un misto di deplorazione e spavento, come a voler significare che per lei, la signora gentilissima, si riteneva in dovere di percorrere tragitti anche più lunghi di quello fra il Ministero per il Culto e l'Istruzione al Minoritenplatz e il Parkhotel di Hietzing. Fu qui che la loro conversazione niente affatto vivace ebbe una svolta, mentre il viso di Vera raggiungeva per così dire la sua prima tappa. Giacché va detto quanto segue: Al fatto che nel ricordo di Leonida il sembiante della donna amata era da anni alterato, se ne aggiungeva un altro, e cioè che, a causa del suo forte astigmatismo, in quell'ambiente fosco e soprattutto in quei momenti di eccitazione le immagini delle cose gli venivano restituite, almeno inizialmente, solo in piani sfumati e ondeggianti. Vera fino a questo momento non era stata dunque un volto, ma solo una graziosa figuretta in tailleur grigio da viaggio dal quale si stagliavano non troppo distintamente una camicetta di seta lilla e una collana di ambra color oro bruno. Per graziosa e adolescenziale che fosse questa figura, si trattava appunto di un'apparenza «adolescenziale», in realtà la figuretta apparteneva a una persona di età indefinibile nella quale Leonida non sarebbe stato in grado di riconoscere la donna da lui amata a Heidelberg. Soltanto adesso il viso di Vera incominciò a squarciare la vuota e chiara superficie, ma fu come se venisse da una remota lontananza. Sembrava che una persona inesperta manovrasse a casaccio la rotella di un binocolo nel tentativo di mettere bene a fuoco un oggetto lontano. Più o meno era così. Nella lente ancora torbida comparvero per primi i capelli pettinati con la riga in mezzo, capelli neri come la notte che le scendevano dritti sulle spalle. (Erano striature grigie quelle che li attraversavano quando lo sguardo vi si posava per un poco?). Poi sfondarono gli occhi, di un profondo colore azzurro pervinca e ombreggiati come un tempo da lunghe ciglia. Seri, curiosi e stupiti fissavano intensamente il volto di Leonida. La bocca piuttosto grande aveva un'espressione severa come spesso si nota nelle donne che svolgono da tempo una professione e il cui pensiero pratico è raramente attraversato dalla fantasia o ad essa subordinato. Che contrasto con la bocca di Amelie, con le sue turgide labbra che assumevano così spesso un'espressione imbronciata. Leonida si rese conto ad un tratto che Vera non si era fatta bella per lui. Il tempo che egli aveva trascorso nell'attesa non era stato usato da lei per darsi una «sistemata». Le sopracciglia non erano state strappate e poi ridisegnate (oh, Amelie), le palpebre non erano scurite con l'ombretto, né le guance truccate. Forse solamente la bocca era entrata lievemente in contatto con il rossetto. Che cosa aveva fatto Vera nell'ora in cui lui l'aveva aspettata? Forse, pensò Leonida, era stata alla finestra a fissare il vuoto...

Il volto di Vera era intero, adesso, ma Leonida

continuava a non ravvisare in esso l'immagine che per tanto tempo gli era stata negata. Quel volto slittava, era come se fosse solo una riproduzione, la traduzione del sembiante perduto nella lingua straniera di un'altra realtà. Vera taceva, pacata e ostinata. Lui, invece, tutt'altro che pacato, si sforzava, continuando la «conversazione», di trovare ciò che era solito chiamare «il tono giusto». Non lo trovò. E quale poteva essere comunque il tono giusto per un incontro del genere? Si rese conto inorridito che stava di nuovo parlando con voce nasale e che assumeva il tono artificioso dei cosiddetti signoroni di provincia che credono di dover affrontare con tracotante sicumera tutte le situazioni, comprese le più penose e imbarazzanti:

«La signora gentilissima si fermerà qui da noi per un periodo piuttosto lungo, spero...».

Dopo queste parole Vera lo guardò con un'ombra di stupore in più. – Lei adesso non riesce assolutamente a capire come abbia potuto farsi abbindolare da un essere piatto e banale come sono io. Da sempre la sua presenza ha stimolato in me i lati peggiori. Leonida si sentì gelare le mani per il malessere. Vera replicò:

«Non resterò più di due o tre giorni, il tempo di sistemare tutto...».

«Oh,» disse lui con voce quasi spaventata «la gentilissima signora ha poi intenzione di ritornare in Germania?». Non poté impedire che nella cadenza di questa frase risuonasse altresì una nota di sollievo. Vide adesso per la prima volta che la chiara eburnea fronte di lei recava una fitta trama di rughe diritte.

«No! Assolutamente no, signor capodivisione,» fu la risposta di Vera «io in Germania non ci ritorno più...».

Qualcosa scattò dentro di lui e gli fece riconoscere la voce di lei ragazzina, quella voce impertinente della quindicenne che siede a tavola nella casa paterna. Fece un gesto per chiedere scusa, come uno che è incorso in uno sbaglio imperdonabile:

«Pardon, signora, capisco. Di questi tempi non dev'essere particolarmente piacevole vivere in Germania».

«Perché dice questo? Per la maggior parte dei tedeschi è anzi piacevolissimo,» replicò lei con fredda convinzione «soltanto quelli come noi non...».

Leonida ebbe un soprassalto patriottico.

«Ma allora la signora dovrebbe riflettere se non sia il caso di trasferirsi nella sua vecchia patria... Qualcosa comincia adesso a muoversi qui da noi...».

La signora non sembrava condividere questa opinione. Fece un gesto di ripulsa:

«No, signor capodivisione. Sono qui da poco tempo e non mi azzardo a dare giudizi. Ma anche quelli come noi hanno l'aspirazione di poter finalmente respirare l'aria fresca e pulita della libertà...».

Ecco, ci risiamo, è la solita vecchia alterigia di questi qua, la loro irritante arroganza. Se anche li si chiudesse in una segreta, seguiterebbero a guardarci dall'alto in basso come se fossero al settimo piano. A saperli affrontare non ci sono che i barbari, i primitivi, la gente insomma che anziché perdersi in discussioni li prende a manganellate senza tanti complimenti. Quello che oggi dovrei fare è una visita a Spittelberger per offrirgli Abraham Bloch quale vittima sacrificale. L'aria fresca e pulita della libertà. È davvero ingrata nei miei confronti. Leonida percepì come un grande conforto questo moto dell'animo di riprovazione e irritazione nei confronti di Vera. Ne ricavò un certo sollievo. Ma di lì a poco il volto della signora nell'angolo del sofà raggiunse una tappa ulteriore, quella definitiva. Non era più una riproduzione o una traduzione, adesso, bensì l'originale stesso, sia pure con i tratti più marcati e scuriti. E quel volto serbava tuttora, per quanto sembrasse incredibile, la luce cruda della purezza e della esoticità che un tempo aveva fatto uscir di senno il povero precettore, e in seguito il giovane sposo di un'altra donna. Purezza? Si sentiva che ogni pensiero dietro quella fronte immacolata era in perfetta sintonia con l'intero suo essere. Sennonché, ancor più che in passato lei si presentava come una donna dura e perfettamente appagata. Esoticità? Chi poteva definirla? L'esoticità di Vera era ancora più esotica di un tempo, anche se meno leggiadra.

La musica da ballo ricominciò a berciare. Leonida fu costretto ad alzare la voce. Una strana coazione investì le sue parole le quali suonavano così secche e affettate da far venire una gran voglia di prenderlo a schiaffi.

«Dov'è che lei, signora gentilissima, vorrebbe stabilire la sua dimora?».

Vera Wormser nel rispondere sembrò trarre un respiro profondo:

«Dopodomani sarò a Parigi e venerdì la mia nave salperà da Le Havre...».

«La signora è dunque in partenza per New York» disse Leonida senza punto interrogativo e annuendo in segno di approvazione e anzi di lode.

Lei sorrise debolmente come se la divertisse contraddirlo ancora una volta, perché finora aveva dovuto introdurre con un «no» quasi tutte le sue risposte.

«Oh no! New York? Dio ci scampi, non creda che sia così semplice. E poi non ci vorrei neanche andare, non aspiro a tanto. No, parto per Montevideo...».

«Montevideo,» disse Leonida raggiante e con voce da ebete «ma è un posto tremendamente lontano...».

«Lontano da dove?» domandò pacatamente Vera. Questa domanda era una citazione, la citazione del melanconico e scherzoso quesito degli esiliati che hanno perso il loro centro di gravità geografica.

«Io sono un viennese dalla testa ai piedi,» ammise Leonida «che dico, un abitante di Hietzing dalla testa ai piedi. Per me sarebbe già grave la decisione di trasferirmi in un altro quartiere. Passare la vita laggiù, sotto l'equatore? Sarei mortalmente infelice, e nulla potrebbero i colibrì e le orchidee...».

La serietà di quel volto femminile nella luce del crepuscolo aumentò di un grado:

«E io sono invece felicissima che mi sia stata offerta una cattedra a Montevideo. C'è un grande College, laggiù. Molti mi invidiano. Quelli come noi devono ritenersi più che soddisfatti se trovano rifugio e addirittura un lavoro da qualche parte... Ma tanto per lei tutto questo non è interessante...».

«Non è interessante» la interruppe lui atterrito. «Niente al mondo mi interessa di più...». E concluse sommesso: «Sapesse come l'ammiro, non posso dirle quanto...».

Questa volta non è una menzogna. È vero che l'ammiro. Quella donna ha lo straordinario coraggio vitale e la tremenda mancanza di inibizioni propri della sua razza. Che cosa sarebbe stato di me se fossi rimasto al suo fianco? Forse sarei davvero diventato qualcuno. In ogni caso adesso non sarei un capodivisione alle soglie del pensionamento. Ma certo non ci saremmo intesi, non saremmo andati d'accordo neanche per un'ora. – Il turbamento di Leonida aumentava sempre più. Tutt'a un tratto si fece largo in quell'ambiente un altro ambiente assai più luminoso. La stanza in cui loro due erano stati insieme a Bingen sul Reno. – È tutto al suo posto, in fede mia, ho ancora davanti agli occhi la vecchia stufa di ceramica. – Fu come se ad un tratto gli fossero cadute le bende dagli occhi della memoria.

«Che cosa c'è da ammirare?» aveva chiesto Vera irritatissima.

«Intendo dire che si lascia tutto alle spalle, qui

nel vecchio mondo, dove è nata e ha trascorso tutta la vita...».

«Non mi lascio alle spalle assolutamente niente» fu la replica secca di Vera «vivo sola, per fortuna non sono sposata...».

Aveva forse gettato un nuovo peso sul piatto della bilancia? No, neanche per sogno! Leonida sentì in quel «non sono sposata» una punta di trionfo che gli mise addosso un fremito di piacevole eccitazione. Si appoggiò, allontanandosi parecchio, allo schienale del sofà. Non si poteva continuare a star lì a parlare del più e del meno. Le parole gli uscirono dalle labbra piuttosto stentate:

«Pensavo che lei dovesse provvedere a quel giovane... così almeno ho inteso la sua lettera...».

Tutt'a un tratto Vera Wormser si animò. Cambiò posizione e atteggiamento. Si chinò in avanti. A lui sembrava che la voce di lei avvampasse:

«Se fosse possibile, signor capodivisione, che lei mi aiutasse in questo frangente...».

Leonida tacque a lungo prima di prorompere con un tono di voce che del tutto involontariamente era diventato caldo e profondo:

«Ma Vera, la prego, è ovvio...».

«Al mondo non c'è mai niente di ovvio» disse lei, e cominciò a sfilarsi i guanti. Era da parte sua come un atto di dolce compiacenza, un tentativo volonteroso di fare qualcosa, di essere presente con una parte un poco più grande di se stessa.

Ora Leonida vedeva le sue piccole mani, le mani delicate che con tanta fiducia si erano un tempo affidate a lui, mano nella mano. La pelle era un po' giallognola e le vene affioravano. Non aveva anelli alle dita.

La voce dell'uomo vibrò:

«È mille volte ovvio, Vera, che io esaudisca il suo desiderio e che faccia iscrivere il ragazzo nel liceo migliore che abbiamo, al liceo scozzese il semestre non è praticamente ancora incominciato, e se a lei va bene il ragazzo potrebbe già dopodomani entrare nella classe della maturità. Mi occuperò io di lui, farò tutto quello che posso...».

Il viso di lei si avvicinò ancora di più. I suoi occhi scintillavano:

«Davvero ha deciso di far questo?... Ah, mi sarà più facile, allora, lasciare l'Europa...».

Il volto di Leonida, solitamente così bene strutturato, si era come disfatto, sembrava caduto in mille pezzi. Con occhi da cane implorò:

«Perché, Vera, mi umilia così? Non si accorge, non vede dal mio aspetto...».

Spostò la mano, l'avvicinò a quella di lei ch'era posata sul tavolo, ma non ebbe il coraggio di toccarla:

«Quando mi manda il ragazzo? Mi racconti qualcosa di lui! Mi dica com'è, come si chiama...».

Vera lo guardò con tanto d'occhi.

«Si chiama Emanuel» disse esitando.

«Emanuel? Emanuel? Non si chiamava Emanuel quell'anima buona del suo signor papà? È un nome bello e non troppo sfruttato. Aspetto Emanuel alle dieci e mezzo da me, il che vuol dire al Ministero, naturalmente. La cosa andrà in porto, ma non senza conflitti. Ci saranno addirittura conflitti gravissimi. Ma io, Vera, sono pronto a farmene carico. Sono pronto alle decisioni più radicali...».

Lei sembrò ad un tratto ridiventare fredda e ritrarsi:

«Lo so bene,» disse «mi è stato riferito di queste difficoltà che oggigiorno si frappongono a Vienna perfino a una protezione di così alto rango...».

Lui non era stato a sentire tutta la frase. Aveva le dita aggrovigliate e contratte:

«Lei non si preoccupi, non pensi alle difficoltà! È vero che non ha ragione di credere ai miei giuramenti, ma io le do la mia parola che la cosa andrà a buon fine...».

«In fondo è in suo potere che ciò accada, signor capodivisione...».

Leonida abbassò il tono di voce come se desiderasse essere messo a parte di qualche segreto:

«Racconti, Vera, mi racconti di Emanuel! È certo un ragazzo di grande talento. Non potrebbe essere altrimenti. Qual è il suo forte?».

«Le scienze, se non sbaglio...».

«Questo potevo immaginarmelo. Il suo signor padre, Vera, non era forse un grande scienziato? E per il resto, com'è Emanuel, mi riferisco all'aspetto esteriore, mi parli, mi dica qualcosa...».

«Il suo aspetto non è tale» rispose la signorina Wormser con una certa asprezza «da disonorare, come lei forse teme, colui che lo protegge...».

Leonida la fissò senza capire.

Teneva il pugno premuto con forza contro lo stomaco come se ciò potesse aiutarlo a dominare l'eccitazione.

«Spero» sbottò «che assomigli a lei, Vera!».

Gli occhi di lei si riempirono lentamente di un palpabile divertimento. Per protrarre lo sconcerto di lui, Vera disse:

«E perché Emanuel dovrebbe assomigliare proprio a me?».

Leonida era talmente scombussolato che bisbigliò:

«È di sicuro il suo ritratto, di questo sono convinto da sempre».

Vera assaporò una lunga pausa e infine disse:

«Emanuel è il figlio della mia migliore amica...».

«Il figlio della sua migliore amica...» balbettò Leonida ancor prima di aver capito quelle parole.

Da fuori ricominciarono a farsi sentire le note di una rumba altalenante e chiassosa. Sui tratti di Vera si spandeva a poco a poco una tremenda durezza:

«La mia amica,» disse, e mentre parlava ci si accorgeva che faceva uno sforzo per mantenere la calma «la mia migliore amica è morta un mese fa. È sopravvissuta solo nove settimane a suo marito, uno dei più importanti fisici del nostro tempo, un martire torturato a morte. Emanuel è il loro unico figlio. L'hanno affidato a me...».

«Che cosa raccapricciante, raccapricciante davvero» disse Leonida rompendo il breve silenzio ch'era seguito alle parole di Vera. Ma non provava neppure un alito di questo raccapriccio. Tutto il suo essere si riempì invece di stupore, dell'esatta cognizione di ciò ch'era accaduto, e infine di sollievo, di un sollievo indescrivibile: Non ho un figlio con Vera. Non ho un ragazzo diciassettenne del quale sono responsabile al cospetto di Dio e di Amelie. Ti ringrazio, cielo misericordioso! Tutto è com'era. Ero solo un visionario, oggi, quando soffrivo e mi angosciavo in quel modo. Ho rincontrato a distanza di diciotto anni un'amante tradita. È tutto qui, non c'è altro! Situazione difficile, tra il melanconico e l'imbarazzante. Ma sarebbe esagerato, signori della Corte, parlare di colpa inespiabile! Detto tra noi uomini, non sono affatto un dongiovanni, e questa è l'unica storia del genere in un'esistenza che è stata normalmente pressoché irreprensibile. Chi getterà la prima pietra contro di me? Non ci pensa più neanche Vera, questa donna moderna, indipendente, di idee profondamente liberali, che nel bel mezzo com'è di una vita attiva è certo felicissima che io a quell'epoca non l'abbia presa e portata via con me...

«È davvero raccapricciante tutto ciò che sta succedendo» disse di nuovo Leonida con un tono quasi di giubilo. Poi si alzò in piedi di scatto, si chinò sulla mano di Vera e vi premette con labbra brucianti un lunghissimo bacio. Era a un tratto diventato magniloquente e verboso:

«Le do la mia parola d'onore, Vera, che il figlio della sua povera amica sarà da me trattato come se fosse figlio suo, figlio mio. No, non mi ringrazi. Sono io che devo ringraziarla. Quello che lei mi sta facendo è il più grande, il più magnanimo dei doni...».

Vera non lo aveva ringraziato affatto. Non aveva detto una parola. Era ferma in piedi ma nell'atteggiamento di chi si sta congedando, come se volesse ad ogni costo evitare che quella conversazione varcasse una soglia che riteneva sacra. S'era fatto veramente buio in quella stanza piena zeppa di mobili, la cui mostruosità si stemperava via via in masse senza forma. Alla penombra inautentica di quella giornata di pioggia ottobrina era seguita la penombra vera del serale crepuscolo. Soltanto le rose tea continuavano a irradiare la loro luce assidua. Leonida si rese conto che avrebbe fatto meglio a filarsela. Tutto il dicibile era stato detto. Ogni passo ulteriore lo avrebbe condotto di sicuro su un terreno moralmente scivoloso. L'atteggiamento rigido e distante di Vera proibiva la benché minima allusione sentimentale. Per una semplice questione di «tatto» bisognava andarsene al più presto e congedarsi da lei senza forzare il tono. Se lei aveva voluto mettere una croce su quell'episodio della sua vita, perché mai proprio lui doveva ritornarci sopra? Rallegrandosi che l'ora tanto temuta era passata senza danno, lui avrebbe dovuto piuttosto cercare una degna e rapida conclusione a quell'incontro. Tutte queste cose Leonida se le diceva invano. Era troppo sconvolto. La felicità di sapersi liberato da ogni conflitto esistenziale lo attraversava tutto come una corrente di risanamento e ringiovanimento. Adesso non vedeva più davanti a sé la piccola e graziosa signora che gli aveva torturato la coscienza, la creatura ritrovata di una colpa antica, vedeva Vera, adesso, una Vera presente, viva, della quale non aveva più ragione di avere alcun timore. Essendosi allontanata da lui la costrizione a cambiare la propria vita, gli era tornato con prepotenza in tutte le fibre quel senso di gioconda superiorità che al mattino aveva perduto. E con esso gli era tornata una dolcezza pazza, se pur di breve durata, per questa donna che era affiorata come uno spettro per poi dileguarsi una volta per tutte dal suo senso di colpa, seria, nobile, senza alcuna pretesa. Leonida afferrò fra le sue le mani senza peso di Vera e se le strinse al petto. Gli sembrava di riannodare adesso l'esperienza che aveva vissuto diciotto anni prima proprio nel punto in cui lui stesso l'aveva ignominiosamente troncata:

«Vera carissima, carissima Vera,» sospirò «sapesse come mi sento male qui di fronte a lei. Non esistono parole per esprimere ciò che provo. Mi ha perdonato? Ha potuto perdonare? E, ancora adesso, può perdonare?».

Vera guardò da un lato voltando la testa con un movimento quasi impercettibile.

Che strana vita ebbe nell'animo di lui questa piccola torsione repulsiva. Incomprensibilmente nulla era perduto. Tutto procedeva in mistica contemporaneità. Il profilo di Vera fu per lui una rivelazione. Eccola la figlia del dottor Wormser, la giovanetta di Heidelberg era qui in carne e ossa, non più cancellata dalla memoria. E le striature grigie, la bocca amareggiata, le rughe sulla fronte, accrescevano, croce e delizia, l'incanto fugace:

«Perdonare,» fece Vera riprendendo la domanda di lui «che parola retorica. Io non la sopporto. Chi ha rimorso per un proprio atto, solo da sé potrà darsi il perdono...».

«Sì, Vera, ha ragione, ha cento volte ragione! Quando la sento parlare così, solo allora mi rendo conto che creatura eccezionale è lei. Ha fatto bene a non sposarsi. Mi creda, Vera, la sincerità in quanto tale è troppo nobile per il matrimonio. Con lei ogni uomo sarebbe diventato bugiardo, non io soltanto...».

Leonida assaporava il piacere della propria virile irresistibilità. Adesso avrebbe avuto il coraggio di attirare Vera a sé con veemenza. Ma preferì dire con voce tormentata:

«Io non mi sono mai perdonato e mai mi perdonerò, mai e poi mai...».

Ma ancora non aveva finito di parlare che già si era perdonato tutto una volta per sempre e aveva cancellato il proprio peccato dalla tavola della coscienza. Ecco perché la sua affermazione suonò così gioiosa. La signorina Wormser gli tolse le mani dalle sue con movimento leggero. Poi prese dal tavolo i guanti e la borsetta:

«Devo proprio andare» disse.

«Rimanga ancora due minuti, Vera» supplicò lui «non ci vedremo più in questa vita. Mi faccia ancora il dono di un buon addio, in modo che nel rammentarlo io possa sentirmi come un uomo colmato dalla grazia...».

Lei continuava a guardare di lato, ma smise di abbottonarsi i guanti. Lui si sedette sul bracciolo di una poltrona tanto che, alzando il suo volto e volgendolo verso quello di lei, le fu ad un tratto assai più vicino di prima:

«Ma lo sa, cara, carissima Vera, che da diciotto anni a questa parte non è trascorso un solo giorno in cui io non abbia sofferto in silenzio, solo come un cane, per causa sua e causa mia...».

Questa ammissione non aveva più niente a che fare né con la verità né con il suo opposto. Era soltanto l'onda melodiosa che sollievo e squisita melanconia creavano in lui senza incontrarsi. Pur essendo ora vicinissimo al volto di lei, Leonida non si rese conto quanto Vera apparisse tutt'a un tratto pallida e stanca. I guanti erano abbottonati. La borsetta l'aveva già sotto il braccio.

«Non sarebbe meglio» disse «se ora ognuno andasse per la sua strada?».

Ma Leonida non si fece interrompere:

«Deve sapere, carissima, che oggi per tutta la giornata, ora dopo ora, io mi sono preoccupato di lei. Fin da stamattina è lei il mio unico pensiero. Lo sa che fino a pochi minuti fa io ero fermamente convinto che Emanuel fosse nostro figlio, suo e mio figlio? E sa che a causa di questo Emanuel sono stato vicino, a un passo addirittura dal decidere di andare in pensione, di chiedere il divorzio da mia moglie, di lasciare la nostra incantevole dimora, e a un pelo dal cominciare una nuova, durissima esistenza?...».

Nella risposta della donna echeggiò per la prima volta l'autentico sarcasmo di un tempo, sebbene lei sembrasse trovarsi come sull'orlo di un profondo sfinimento:

«Meno male che era soltanto a un passo, signor capodivisione...».

Leonida non riuscì a trattenersi. Avida e impetuosa, proruppe la sua confessione:

«Da diciott'anni, Vera, e cioè dall'ora in cui le ho teso la mia mano per l'ultima volta dal finestrino di quello scompartimento, da allora ho nutrito in cuor mio l'irrevocabile convincimento che tra noi è accaduto qualcosa, che noi due abbiamo un figlio insieme. Certe volte questa convinzione è stata in me fortissima, poi per lunghi periodi più debole, e a tratti latente, come fuoco sotto la cenere. In ogni caso essa ha stabilito tra noi un legame più indissolubile di quanto lei possa mai avere immaginato. La mia stessa infedeltà e vigliaccheria mi hanno legato a lei, pur impedendomi di cercarla e trovarla. Lei, Vera, di sicuro non pensa a me da anni. Io invece ho pensato a lei quasi ogni giorno, sia pure con angoscia e rimorso. La mia infedeltà è stato il più grande dolore della mia vita. Io, Vera, ho vissuto con lei in una comunanza davvero speciale, questo finalmente posso dirglielo. Sa che stamattina per poco non strappavo la sua lettera senza neanche leggerla come ho fatto quella volta a Sankt Gilgen, quando l'ho strappata senza neanche aprirla...».

Appena ebbe finito di buttar fuori queste cose,

Leonida impietrì. Senza volere, si era messo completamente a nudo e ora affondava nella melma. Un senso improvviso di vergogna lo ghermì come una spazzola sulla nuca. Perché non se n'era andato per tempo? Quale demonio lo aveva aizzato a una simile confessione? Il suo sguardo era diretto alla finestra dietro la quale si levavano sibilanti le lampade ad arco. Piovigginava di nuovo. Le minuscole gocce di pioggia sembravano moscerini che danzavano tutt'intorno alle bocce di luce. La signorina Vera Wormser era lì ma non si muoveva. La stanza era completamente buia. Il volto di lei non era altro ormai che smorta parvenza. Leonida percepiva la spenta figura a cui voltava le spalle come quella di una sacerdotessa. La voce, invece, fredda e concreta com'era stata fin dall'inizio, sembrava essersi allontanata:

«Non aver letto allora la mia lettera» disse «è stata da parte sua una decisione utilissima. Non avrei mai dovuto scriverle. Ma ero sola, completamente sola e senza aiuto nei giorni in cui morì il bambino...».

Leonida non voltò la testa. Il suo corpo ad un tratto era come di legno. La parola «meningite» affiorò in lui. Già, proprio in quell'anno nella zona di Salisburgo l'epidemia di meningite si era portata via tantissimi bambini. L'evento, non si sa perché, si era radicato nella sua memoria. Benché lui fosse di legno, i suoi occhi incominciarono a piangere. Eppure, ciò che provava non era dolore ma piuttosto uno strano, sconosciuto imbarazzo unito a qualcos'altro di inspiegabile che lo costrinse a fare un altro passo verso la finestra. Ragione per cui la voce limpida di lei si allontanò ancora di più.

«Era un maschietto» disse Vera «e aveva due anni e mezzo. Si chiamava Joseph come mio padre. Mi dispiace di aver adesso parlato di lui. Mi ero riproposta di non dire nulla di lui, non con lei! Perché lei non ha il diritto...».

L'uomo di legno guardava al di là della finestra con gli occhi sbarrati. Credeva di non sentire altro che il vuoto trascorrere dei secondi. Guardava nelle profondità della terra, nelle viscere del camposanto di Sankt Gilgen. Pesante e solitario l'autunno in montagna. Là, sparse nella terra nera e fangosa, giacevano le piccole ossa che venivano da lui. Fino al giorno del Giudizio Universale. Voleva dire qualcosa. Per esempio: «Vera, non ho amato che lei!». Oppure: «Ci proverebbe ancora una volta con me?». Tutto era ridicolo, tutto assurdamente ottuso e bugiardo. Non disse una parola. I suoi occhi bruciavano. Quando poi, assai più tardi, si voltò indietro, Vera se n'era già andata. Niente era rimasto di lei nella stanza ormai immersa nelle tenebre. Solo là, sul tavolo, le diciotto tenere rose tea serbavano tuttora un barlume della loro luce. Il profumo, rianimato dall'oscurità, fluttuava verso l'alto, più forte di prima, in onde rotonde e lievemente putride. Leonida soffrì per il fatto che Vera aveva dimenticato o disdegnato le sue rose. Prese il vaso dal tavolo con l'idea di portarlo al portiere. Ma giunto sulla porta del salotto ci ripensò e tornò indietro per posare nelle tenebre quei fiori di morte.

VII
NEL SONNO

Nel palco dell'Opera Leonida è in piedi dietro ad Amelie. Si china sui suoi capelli che grazie al lungo tormento sotto il casco del parrucchiere le avvolgono il capo come nuvola impalpabile, come aureo vapore. La magnifica schiena e le braccia immacolate sono nude. Soltanto due sottili spalline sorreggono il morbido abito di velours verde acqua che indossa oggi per la prima volta. È un prezioso modello di un sarto parigino. Per questo l'umore di Amelie è festoso. Nella gloria del suo autocompiacimento suppone che anche León sia di umore festoso nel vederla apparire in tanto splendore. Invece, sfiorandolo con lo sguardo, vede un uomo elegante sul cui petto addobbato da uno smagliante frac è avvitata una testa tutta grigia e spiegazzata. Un'ombra fuggevole di spavento l'assale ad un tratto. Che cosa è accaduto? Com'è possibile che fra il lunch e l'Opera l'eterno giovane ballerino sia diventato un anziano e distinto signore i cui occhi strizzati e gli angoli della bocca rivolti verso il basso riescono a stento a reprimere la stanchezza esistenziale del tramonto?

«Povero, hai avuto dei fastidi, oggi?» domanda Amelie, ma dopo un attimo è distratta da qualche altra cosa.

Leonida prova con zelo a inalberare il suo solito sorriso tra l'entusiasta e il beffardo, ma non ci riesce appieno.

«Niente di cui valga la pena di parlare, tesoro mio. Ho solo avuto una riunione. Poi ho poltrito per tutto il pomeriggio...».

Lei gli si avvicinò carezzevole e lo sfiorò con la sua schiena di marmo splendente:

«Sono state le scempiaggini che ti ho detto oggi a farti uscire dai gangheri? È mia, la colpa? Hai ragione, León, le disgrazie vengono tutte da quella dieta da fame. Ma che cosa devo fare, a quasi trentanove anni, se non voglio caracollare per il resto della mia esistenza con un meraviglioso doppiomento, un didietro imbottito come un cuscino e due colonne al posto delle gambe? Allora sì che mi saresti grato, fanatico come sei della bellezza! Già adesso, resti tra noi, quasi non riesco più a indossare un modello d'alta moda se non gli faccio qualche piccola modifica. Non ho mica la fortuna di essere un manichino come la tua Anita Hojos. Siete proprio ingiusti, voi uomini! Se tu ti fossi occupato un po' di più della mia anima, León, io non sarei rimasta quella canaglia senza freni che sono, avrei anch'io acquisito il tatto, la finezza di sentimenti e l'incantevole pudore che hai tu...».

Leonida la interruppe con un gesto di fastidio:

«Non darti pensiero per questo! Un buon confessore dimentica le colpe del suo penitente...».

«In tal caso, anche questo non mi sta bene, non mi piace che tu scordi così in fretta i miei patimenti coniugali» disse lei tutta imbronciata, ma poi si voltò di nuovo e portando il binocolo agli occhi esclamò:

«Che bella la sala di stasera!».

È vero, c'è una sala splendida. Tutti quelli che hanno un nome o un rango che si rispetti si sono oggi radunati all'Opera. È atteso un alto dignitario di un Paese straniero. Contemporaneamente una celebrata cantante si congeda dal suo pubblico prima di recarsi in America per le vacanze. Amelie è instancabile nel gettare la rete dei suoi sorrisi e saluti per poi ritirarla, altrettanto instancabilmente, rorida di luminosi contraccambi. Come Elena sugli spalti delle mura di Troia, sta redigendo un catalogo eccitato dello snobismo contando i nomi delle personalità che questa sera si sono date convegno all'Opera.

«Gli Chvetickij sono laggiù, al palco n. 3 del parterre, la principessa ha già salutato due volte, perché non le rispondi, León? È lì, vicino ai Bösenbauer, ci siamo comportati malissimo con lei, dobbiamo assolutamente invitarla da noi entro la fine del mese, si potrebbe organizzare un bridge en petit comité, ti prego, León, cerca di essere particolarmente cortese. Adesso ci sta guardando anche l'ambasciatore inglese, e credo, León, che tu debba tenerne conto. Quella tremenda balena che se non sbaglio è la moglie di Spittelberger si è già piazzata nel palco reale, s'è messa addosso un pullover di lana, che ne diresti, León, se io mi presentassi a teatro in quel modo, non credo che saresti d'accordo, ti conviene star zitto, perciò, e apprezzare il mio tacito eroismo. I Torre-Fortezza ci stanno facendo grandi cenni con la mano, è proprio deliziosa la giovane principessa, pensare che ha tre anni sonati più di me, te lo giuro, León, devi ringraziare il cielo se...».

Leonida si gira da tutte le parti inchinandosi appena e con un piccolo ghigno dipinto sul volto. Saluta a casaccio, come fanno i ciechi cui si bisbiglia nell'orecchio il nome di chi passa per la strada. Sono fatti così questi Paradini, gli passa ora per il capo, dimenticando che di solito, non meno che ad Amelie, questo profluvio di nomi illustri procura anche a lui un brivido di piacere... Più e più volte dice a se stesso che dev'essere felice perché tutto si è risolto in maniera così splendida, così inaspettata, perché ora nessuno può più costringerlo a gravi ammissioni e decisioni, perché, insomma, il suo fosco segreto è stato spazzato via e lui può essere adesso più libero e leggero che mai. Ma purtroppo non è in grado di accettare il proprio invito a essere felice. Cosa strana, il fatto che Emanuel non sia suo figlio lo fa addirittura soffrire. Ha perso un figlio, Leonida. Oh, se Emanuel fosse invece il ragazzo cresciuto nel frattempo, il piccolo Joseph Wormser che quindici anni fa è perito a Sankt Gilgen di meningite! Leonida non può farci niente, un convoglio ferroviario passa strepitando nella sua mente. E in questo convoglio Vera lascia un Paese dove non può respirare per raggiungerne un altro dove può respirare. Chi l'avrebbe mai pensato che nei Paesi dove questi presuntuosi non possono respirare uomini di grande cultura come il padre di Emanuel vengono torturati a morte mentre a me e a te non succede nulla? Ma no, è dimostrato che queste atrocità sono tutte inventate. Sono favole, e io non ci credo. Sebbene Vera sia la sincerità fatta persona, non ci voglio credere. Ma questo che cos'è? Ho anch'io l'impressione di non riuscire a respirare. Come? Io che mi trovo qui da diverse generazioni non posso respirare? Una risposta a questo assillo vorrei proprio averla! Sarà meglio che nei prossimi giorni mi faccia visitare da un cardiologo. Forse ci andrò già dopodomani, ma in gran segreto, in modo che Amelie non ne sappia nulla. No, esimio collega Skutecky, a rendere omaggio a quel monumento alla mediocrità che è il signor Lichtl io non ci vado proprio, piuttosto vado, sans gêne, da Alexander Bloch.

Ma prima, già domani mattina, mi faccio annunciare a Vinzenz Spittelberger: Prego umilmente il signor ministro di volermi perdonare per le difficoltà che ieri le ho procurato. Ho ripensato con calma ai suggerimenti del signor ministro. Il signor ministro ha riscoperto, tanto per cambiare, l'uovo di Colombo. Ecco qui, ho portato con me la proposta di onorificenza per il professor Bloch, nonché il decreto di nomina per il professor Lichtl. Bisognerebbe che ci occupassimo seriamente delle grandi personalità della nostra nazione in modo che finalmente si facciano valere contro la pubblicità internazionale. Lei, signor ministro, che è un uomo avvezzo ad andare per le spicce, farà certo sì che oggi stesso questi due pezzi di carta vengano firmati dal Cancelliere federale nella seduta del consiglio dei ministri. – Grazie, signor capodivisione, grazie davvero! Non ho mai dubitato neanche per un istante che lei sia qui al Ministero il mio unico sostegno. Le dico in confidenza che qualora io dovessi trasferirmi prossimamente negli uffici della cancelleria, la porterei con me in qualità di capogabinetto. Per quel che riguarda la riunione di ieri, non deve darsi pensiero. È chiaro che lei era un po' snervato per via del tempo. – Il tempo, è naturale. Un tempo perturbato. Leonida ha nell'orecchio il bollettino meteorologico sentito alla radio. Mentre si stava cambiando per andare all'Opera aveva acceso il suo apparecchio: «Bassa pressione sull'Austria. Forti perturbazioni in arrivo». È questo il motivo per cui non riesce a respirare. Leonida continua ad annuire meccanicamente nel vuoto. Saluta in anticipo per compiacere Amelie.

Eccoli gli ospiti che stasera sono stati portati a teatro. Un frac e un abito fra il nero e l'argento con un mantello da sera che sembra di metallo. Le signore si abbracciano, Leonida preme le labbra su una mano grassa e olezzante, con qualche macchia scura da malata di fegato. Dove sei mai, mano scarnificata, mano dolceamara con le gracili dita senza un anello!?

«La signora diventa sempre più giovane...».

«Se va avanti così, signor capodivisione, la prossima volta che mi incontra mi dirà che sono un bebè...».

«Che novità ci sono, carissimo? Che cosa si dice nel tempio della politica?».

«Io, grazie a Dio, con la politica non ho niente a che fare. Sono un semplice uomo di scuola, io».

«Se cominci anche tu a fare il misterioso, caro il mio capodivisione, vuol dire che le cose vanno piuttosto male. Io spero solo che ci sia unità di intenti fra noi e l'Inghilterra e la Francia. E l'America, soprattutto l'America! In fin dei conti siamo noi l'ultimo baluardo della cultura nella Mitteleuropa...».

Le parole dell'ospite irritano Leonida, lui stesso non sa il perché.

«Avere cultura» dice aggrondato «significa, in altre parole, esser pazzi. Noi che siamo qui, Dio ci è testimone, siamo tutti pazzi. Non farei conto sui potenti, neanche sui più grandi. Gli americani ricchi amano venire a Salisburgo durante l'estate. Ma non direi che chi frequenta il nostro teatro è un alleato. Tutto dipende da una cosa, se uno è forte abbastanza da sapersi emendare da solo prima che arrivi il grande emendamento...».

E respira profondamente perché non si sente abbastanza forte e perché la faccia inarticolata dell'essere spugnoso comincia a oscillare davanti a lui e a guardarlo con odio.

Applauso maestoso! Il dignitario straniero, attorniato da dignitari indigeni, si presenta alla balaustra del palco di gala. La sala si sta oscurando. Il direttore d'orchestra, fulgidamente illuminato da un unico, solitario fascio di luce, contrae il suo maschio profilo e allarga le ali come un immenso avvoltoio. E adesso, senza spostarsi di un centimetro, l'avvoltoio continua a sbatacchiare le sue ali sopra un'orchestra che suona con eccessiva e immotivata esuberanza. L'Opera incomincia. Questa era una cosa che un tempo mi piaceva parecchio. Una donna piuttosto in carne che sostiene un ruolo maschile salta giù dalla sontuosa alcova della primadonna che è ancora più in carne di lei. Diciottesimo secolo. La primadonna, una signora piuttosto anziana, è melanconica. L'altra, con andatura efebicamente dinoccolata che sottolinea l'estrema femminilità delle sue forme, porta su un vassoio la colazione del mattino a base di cioccolata calda. Che disgusto, pensa Leonida.

In punta di piedi, si ritira sul fondo del palco. Lì crolla sulla rossa panchetta imbottita. Sbadiglia dal profondo del cuore. Tutto è andato splendidamente. Il problema con Vera si è dissolto nel nulla una volta per tutte. Che essere incredibile, quella donna. Non ha detto una parola, non mi ha fatto alcun tipo di pressione. Se non fosse che io, essendomi ritornato il diavolo in corpo, son diventato sentimentale, non avrei saputo niente, assolutamente niente, e ci saremmo separati in maniera ineccepibile. Peccato! Se non sapessi la verità starei molto meglio! Nessun essere umano può vivere due vite. Io no, almeno, io non ho la forza di condurre la doppia vita che Amelie mi attribuisce. Fin dal primo giorno la buona, cara Amelie mi ha sopravvalutato. Ma non parliamone più, ormai è tardi. E neanche mi posso più permettere, d'ora in avanti, giudizi imprudenti come quello del grande emendamento. Che razza di emendamento, tra l'altro, il diavolo se lo porti! Io non sono né il filosofo Eraclito né un intellettuale israelita, sono soltanto un funzionario della pubblica amministrazione, e motti e sentenze non sono il mio forte. Quand'è che imparerò a comportarmi come una pecora nel gregge? Bisogna sapersi accontentare. Non bisogna mai dimenticare ciò che si è ottenuto. In questa bella sala si sono radunati i primi mille, ma io appartengo al gruppo dei primi cento. Vengo dal basso, io. Sono uno che nella vita ha vinto. Quando il mio povero padre morì precocemente, noi, mia madre, i miei quattro fratelli e io abbiamo dovuto cavarcela con una pensione di milleduecento fiorini. E quando dopo tre anni morì la povera mamma, anche la pensione andò in fumo. Io non sono colato a picco. Non è vero forse che ben più di uno non è andato oltre il livello di precettore in casa Wormser e neanche ha visto realizzato il sogno audacissimo di potersi sedere, in quanto maestro elementare di un paesino di provincia, nella sala della locanda riservata ai notabili? E io!? In fin dei conti è soltanto merito mio se con un frac avuto in eredità e nient'altro son diventato un giovanotto da tutti ritenuto affascinante nonché un famoso ballerino di valzer, così com'è merito mio che Amelie Paradini si sia incaponita nel volere sposare me, me e nessun altro, e che io non sia soltanto un capodivisione, ma un gran signore, in verità, e Spittelberger, Skutecky e compagni sanno benissimo che a me tutti quegli incartamenti non sono indispensabili, che io faccio parte per me stesso con la massima nonchalance, e da laggiù la Chvetickij e la Torre-Fortezza, antichissima nobiltà feudale, mi sorridono e salutano per prime, e domattina presto appena arrivo in ufficio suono ad Anita Hojos e mi annuncio per il tè. – Una cosa, però, vorrei sapere, ho pianto davvero, oggi, per via di quel maschietto, o è solo una cosa che mi sono messo in mente a posteriori...

La musica si rovescia su Leonida sempre più pesantemente. Con note lunghe e acute le voci femminili si avventano l'una contro l'altra. Monotonia dell'esagerazione! Leonida si addormenta. Ma mentre dorme sa che sta dormendo. Dorme sulla panchina del parco. Uno spruzzo leggero di sole ottobrino innaffia il prato. Passano accanto a lui lunghe colonne di carrozzine. In questi bianchi veicoli che scricchiolano sulla ghiaia, gli effetti delle cause e le cause degli effetti dormono il sonno profondamente assorto dei neonati, le fronti bombate, le labbra arcuate in avanti, i piccoli pugni chiusi. Leonida sente che la sua faccia diventa sempre più asciutta. Avrei dovuto radermi una seconda volta prima di venire all'Opera. Ormai non si può più. La sua faccia è una grande radura inaridita. A poco a poco crescono alla rinfusa i sentieri, le carrarecce e le vie di accesso a questa solitaria radura. Che sia già la malattia della morte, quella malattia che altro non è se non misteriosa, logica conformità con la colpa della vita? Mentre continua a dormire sotto la cappa oppressiva di questa musica perennemente eccitata, Leonida sa con chiarezza indicibile che oggi gli è stata inviata un'offerta di salvezza, oscura, sommessa, irresoluta, come tutte le offerte di questo genere. Sa di non essere stato capace di raccoglierla. Sa che a questa non faranno seguito altre offerte.

gli Adelphi

VOLUMI PUBBLICATI

1. Milan Kundera, *L'insostenibile leggerezza dell'essere* (13ª ediz.)
2. Konrad Lorenz, *L'anello di Re Salomone* (11ª ediz.)
3. J.R.R. Tolkien, *Lo hobbit* (10ª ediz.)
4. Fritjof Capra, *Il Tao della fisica* (9ª ediz.)
5. Karen Blixen, *Sette storie gotiche* (4ª ediz.)
6. Joseph Roth, *La Cripta dei Cappuccini* (6ª ediz.)
7. Gerald Durrell, *La mia famiglia e altri animali* (8ª ediz.)
8. Robert M. Pirsig, *Lo Zen e l'arte della manutenzione della motocicletta* (9ª ediz.)
9. Jan Potocki, *Manoscritto trovato a Saragozza* (3ª ediz.)
10. Nell Kimball, *Memorie di una maîtresse americana* (3ª ediz.)
11. John G. Neihardt, *Alce Nero parla* (6ª ediz.)
12. Douglas R. Hofstadter, *Gödel, Escher, Bach* (3ª ediz.)
13. Salvatore Satta, *Il giorno del giudizio* (4ª ediz.)
14. Giorgio Colli, *La sapienza greca, I* (3ª ediz.)
15. James Joyce, *Dedalus* (3ª ediz.)
16. René Guénon, *Simboli della Scienza sacra* (3ª ediz.)
17. Georg Groddeck, *Il libro dell'Es* (4ª ediz.)
18. Arthur Schnitzler, *Il ritorno di Casanova* (3ª ediz.)
19. Antonin Artaud, *Eliogabalo*
20. *Vita di Milarepa*, a cura di J. Bacot (3ª ediz.)
21. Milan Kundera, *Lo scherzo* (7ª ediz.)
22. M.P. Shiel, *La nube purpurea* (2ª ediz.)
23. René Daumal, *Il Monte Analogo* (3ª ediz.)
24. Konrad Lorenz, *L'altra faccia dello specchio* (4ª ediz.)
25. Elias Canetti, *La lingua salvata* (5ª ediz.)
26. Roberto Calasso, *Le nozze di Cadmo e Armonia* (6ª ediz.)
27. Georges Simenon, *L'uomo che guardava passare i treni* (7ª ediz.)
28. Joseph Roth, *La milleduesima notte* (4ª ediz.)
29. *Bhagavadgītā*, a cura di A.-M. Esnoul (4ª ediz.)
30. Henry Corbin, *Storia della filosofia islamica*
31. Michel de Montaigne, *Saggi*, due voll. (2ª ediz.)
32. Robert Walser, *Jakob von Gunten*
33. Giorgio Colli, *La sapienza greca, II* (2ª ediz.)
34. Milan Kundera, *La vita è altrove* (5ª ediz.)

35. Douglas R. Hofstadter-Daniel C. Dennett, *L'io della mente* (2ª ediz.)
36. Karl Kraus, *Detti e contraddetti* (2ª ediz.)
37. Georges Simenon, *Betty* (4ª ediz.)
38. Joseph Roth, *Giobbe* (3ª ediz.)
39. Guido Morselli, *Roma senza papa*
40. Adolf Loos, *Parole nel vuoto* (3ª ediz.)
41. *Zhuang-zi* [*Chuang-tzu*] (3ª ediz.)
42. *Il Cantico dei Cantici*, a cura di Guido Ceronetti (3ª ediz.)
43. Benedetto Croce, *Storia d'Europa nel secolo decimonono*
44. Karen Blixen, *Racconti d'inverno* (3ª ediz.)
45. Jurgis Baltrušaitis, *Il Medioevo fantastico* (2ª ediz.)
46. Glenn Gould, *L'ala del turbine intelligente* (2ª ediz.)
47. Milan Kundera, *L'immortalità* (2ª ediz.)
48. Giorgio Colli, *La sapienza greca, III* (2ª ediz.)
49. *Il diario di Nijinsky*
50. Edwin A. Abbott, *Flatlandia* (3ª ediz.)
51. Georges I. Gurdjieff, *Incontri con uomini straordinari* (2ª ediz.)
52. *I Vangeli gnostici*, a cura di Luigi Moraldi (3ª ediz.)
53. Georges Simenon, *Pietr il Lettone* (2ª ediz.)
54. Fleur Jaeggy, *I beati anni del castigo* (2ª ediz.)
55. Georges Simenon, *L'impiccato di Saint-Pholien* (2ª ediz.)
56. Friedrich Hölderlin, *Le liriche*
57. Aśvaghoṣa, *Le gesta del Buddha*
58. Joseph Roth, *Confessione di un assassino* (2ª ediz.)
59. Marco Polo, *Milione*
60. Gitta Sereny, *In quelle tenebre*
61. Henri-Pierre Roché, *Jules e Jim* (2ª ediz.)
62. Elias Canetti, *Il frutto del fuoco* (2ª ediz.)
63. Georges Simenon, *La ballerina del Gai-Moulin* (2ª ediz.)
64. Roberto Calasso, *La rovina di Kasch*
65. Brantôme, *Le dame galanti*
66. Ingeborg Bachmann, *Tre sentieri per il lago* (2ª ediz.)
67. Milan Kundera, *Amori ridicoli* (4ª ediz.)
68. Georges Simenon, *Il defunto signor Gallet* (2ª ediz.)
69. Djuna Barnes, *La foresta della notte*
70. Herman Melville, *Moby Dick o la Balena* (2ª ediz.)
71. *Tao tê ching*, a cura di J.J.L. Duyvendak (2ª ediz.)
72. Georges Simenon, *Il porto delle nebbie* (2ª ediz.)
73. Emanuele Severino, *Essenza del nichilismo*
74. Robert M. Pirsig, *Lila*
75. Georges Simenon, *Il cane giallo* (2ª ediz.)

76. Karen Blixen, *Ultimi racconti*
77. Elias Canetti, *Il gioco degli occhi*
78. Bruce Chatwin, *Le Vie dei Canti* (3ª ediz.)
79. Oliver Sacks, *Risvegli*
80. *I Ching. Il Libro dei Mutamenti* (2ª ediz.)
81. Georges Simenon, *Il pazzo di Bergerac*
82. Joseph Roth, *Fuga senza fine* (2ª ediz.)
83. Thomas Bernhard, *Perturbamento*
84. Georges Simenon, *Una testa in gioco*
85. Immanuel Kant, *Critica della ragione pura*
86. Aldous Huxley, *La Filosofia Perenne*
87. Robert Hughes, *La riva fatale*
88. Georges Simenon, *La balera da due soldi*
89. *Il libro degli Eroi*, a cura di Georges Dumézil
90. J. M. Jauch, *Sulla realtà dei quanti*
91. Karl Kraus, *Gli ultimi giorni dell'umanità*
92. Georges Simenon, *Un delitto in Olanda*
93. Etty Hillesum, *Diario 1941-1943*
94. Joseph Roth, *La Marcia di Radetzky* (2ª ediz.)
95. Pietro Citati, *Tolstoj*
96. Bruce Chatwin, *Sulla collina nera* (2ª ediz.)
97. Julian Jaynes, *Il crollo della mente bicamerale e l'origine della coscienza*
98. Irenäus Eibl-Eibesfeldt, *Amore e odio*
99. Georges Simenon, *Il Crocevia delle Tre Vedove*
100. Hugo von Hofmannsthal, *Il libro degli amici*
101. Georges Simenon, *Il caso Saint-Fiacre*
102. Colette, *Il puro e l'impuro*
103. Vladimir Nabokov, *Lolita*
104. Georges Simenon, *La casa dei fiamminghi*

FINITO DI STAMPARE NEL GENNAIO 1997
DALLA TECHNO MEDIA REFERENCE S.R.L. - MILANO

Printed in Italy

gli Adelphi
Periodico mensile: N. 105/1997
Registr. Trib. di Milano N. 284 del 17.4.1989
Direttore responsabile: Roberto Calasso